남 생각은 이제 그만! 나부터 챙기자

퇴근 후에는
건방지게 살고 싶습니다

스트레스 받는 직장인의 마음챙김

작가의 고유의 글맛을 살리기 위해
한글 맞춤법에 맞지 않는
일부 표현을 수정하지 않았습니다

퇴근 후에는
건방지게 살고 싶습니다

슬아 지음

마음세상

Part. 1 회사에 대한 생각

Part. 2 엉뚱함이 인생의 반

Part. 3 쓸모 있는 건방진 생각

Part. 4 일하는 엄마인 나는

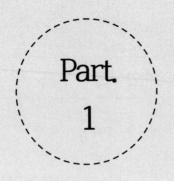

Part.
1

회사에 대한 생각

{ 승진 게임이 시작됐습니다 }

승진 시기가 되면 예상번호를 뽑아 룰렛 위에 올려놓고 삼삼오
오 모여 빙글 판을 돌려본다. 그날만큼은 사장처럼 후보자에 대한
날카롭고 논리적인 평가가 이어진다. 직장에서 승진은 모든 사람의
부러움의 순간이니, 상상하는 것만으로도 즐거운 것은 당연하다.
더군다나 담담한 척 하지만 옆 동료와 나의 시간의 속도 차이가 느
껴질 때 조급함은 한도를 초과한다. 그리고 똑같이 주어진 시간, 중
력을 느끼는 같은 공간에서 틈이 벌어진다는 것이 섬뜩하게 다가
온다. '옆은 보지 말고 나의 기준대로 나가고 투자하자.' 라고 속으

로 생각하지만, 승진 시즌이 되면 나만의 기준은 여름 날의 빙수처럼 무너져 내린다. 순위 안에 놓인 나의 좌표를 확인하는 순간, 마음속에서 몇 번씩이나 놀아난다.

명예욕이라는 것은 참 두려우면서도 누구나 가지고 싶은 구석진 마음이기 때문이다. 생각도 않고 살다가도 회사의 경쟁 배틀 속에 놓이면 그 작은 마음은 무대로 등장한다. 무대 위에서 조명을 받고 박수를 받다 보면 눈부심 아래 있는 사람들은 어둡게만 보인다. 배틀을 신나게 하고 조명이 꺼지면 에너지 넘치는 나도 전원이 꺼져버린다. 머리는 아파오고 몸은 피곤하고 주변에 사람들은 보이지 않는다. 숫자 계산으로만 풀어 나갈 수 없는 사람살이에 영속성이라는 것은 없기에, 따뜻하고 겸손해야 하는 이유이다.

승진 잔치는 하루면 끝난다. 그곳에 초대받지 않았으면 파티션을 높게 쌓고 올해는 구경을 가지 않아도 좋다. 구름 위의 난 사람 같아도 그냥 이곳을 벗어나면 어쩌다 마주 칠지도 모르는 어느 동네 아줌마, 아저씨일 뿐이라고 생각하면 마음이 한결 편하다.

{ 껍데기만 달려 있는 기분 }

어느덧 패션회사에서 일한 지 16년 차가 되었다. 중간관리자가 되면 다양함을 온몸으로 느낌과 동시에 슬픔도 한순간에 몰려올 수 있다는 것을 자연스럽게 알게 된다. 회사와 직군이 바뀌어도 한때 고비를 나누었던 동료들과 상황을 공유할 수 있어서 이렇게 버티는지도 모른다.

몇 명은 주재원으로 나가 있으니 휴가 차 한국에 들어오면 우리들은 설레는 마음으로 만난다. 자주 보지는 못해도 그만큼 깊은 공감에서 우러나오는 감정은 끈끈하다.

내 또래의 여자들의 마음을 이해하는 것은 물론이고, 남자 선후

배들이 느끼는 감정은 또 다른 무게로 받아들여진다.

주임 때쯤 됐을까. 팀장님이 상사 앞에서 고개를 숙이고 두 손을 모으며 한바탕 욕을 먹고 있는 모습을 멀리서 바라보았다. 금방 짐을 싸서 나가야 할 정도로 분위기가 좋지 않았다. 점심시간이 되어 "괜찮으세요?" 하고 조심스럽게 말을 걸었다. 그렇게 같이 식사를 하면서 이런저런 이야기를 듣게 되었다. 자신의 초라한 모습과 현실적인 문제 때문에 가장이라는 무게가 사람을 이렇게 짓누를 수 있다는 것을 깨닫고 생각이 많아졌다. 그 후로 좋은 선배들이 자존심이 상하는 현실을 진하게 겪은 날은 내가 먼저 안부를 묻는다. 그 마음으로 집에 들어가는 모습이 얼마나 비참한지 이제 안다.

조직생활은 늘 외롭고 고되다. 자신의 계발도 중요하지만 현실에 놓이면 밖에서 일하고 집에 들어와서 또 일하고 아이들 키우고 그렇게 다들 정신없이 살아낸다. 변화가 필요하다는 것을 알지만 시작하고 따라갈 시간이 많지 않으니 어느 순간 나를 보면 무거운 껍데기만 주렁주렁 달려 있는 기분이다.

인생 길도 정말 쉽지 않다. 내가 잘해서 날아갈 것 같다가도, 계단 내딛는 것조차 두려우면 한 걸음도 앞으로 나갈 수가 없다.

그래도 생각도 글도 언제나 공유할 수 있는 요즘은 조금씩 괜찮은 세상이 되어 가고 있는 것 같다.

{ 회사의 다양성을 믿는가? }

회사라는 조직은 같은 방향의 목표를 향해 많은 인원을 통솔해야 이끌어갈 수 있는 항해 작전을 수행해야 한다. 색깔을 나누면 나눌수록, 다양성을 인정해 줄수록 옵션은 많아져 항해의 방향은 모호해지고 원하는 결과를 얻기도 어렵다. 하지만 이러한 것들은 시대의 흐름이기도 하여 무시하기가 어려워졌다.

중요한 것은 리더는 다양한 색깔이 다양한 목적이 되지 않도록 이끌어야 한다는 것이다. 목적이 변질되어 결과에 벗어난다는 것은 목적을 이끌 조직이 더 이상 필요 없다는 것이 된다. 그러므로 다양성을 인정해 주는 척하는 조직일수록 안은 더 답답해진다. 다양한 스펙트럼에서 검증화 된 교집합을 뽑는 것이 가장 최적화된 방법이기 때문이다.

회사에서 가고자 하는 교집합이 무엇인지 알아차렸다면, 그 안에서의 레벨 업은 우리를 장기적으로 버티게 해 줄 것이다. 레벨업을 원한다면 나의 의견을 조금씩 그리고 날카롭게 펜싱과 같은 수법으로 얇고 뾰족한 칼을 들고 조금씩 발을 내딛다가 정곡을 단숨에 찔러봐야 하는 기술을 연마해야 한다. 아니다 싶으면 빠른 속도로 뒷걸음치는 것도 필수이다. 무슨 일이 있었나 싶을 정도로 말이다. 실패가 거듭되더라도 정곡의 준비만 철저하다면 전환은 한 번에 간다.

정곡에는 신뢰와 성실성 점수는 필수이다. 직장에서 십년 이상을 버텼다면 그 정도 축적된 기본 체력은 가지고 있을 것이다. 그 기회가 서서히 오더라도 안목과 센스라는 칼날을 뾰족하게 문질러 둘 필요가 있다.

당장 어떻게 되지 않는다고 실망하지 말자. 막상 해보면 아무것도 아닌 일도 있지만 누군가의 마음속에 들어가는 것, 누군가의 귓속으로 나의 한마디가 꽂혀 들어가는 것은 언제나 쉽지 않다. 어차피 다양한 세상 안에서 내 뜻대로 딱 떨어지는 않는 일의 연속 아닌가.

{ 자동화의 하루에서 내가 고장 난다면 }

일이 익숙해지다 보면 컨디션이 좋지 못한 날에도 습관처럼 일을 처리하게 된다. 그리고 크게 생각이 필요하지 않은 날도 꽤 있다. 팀 그리고 내 일들은 하나하나 자동화가 되어가고 있는 느낌이다. 누가 하나 빠져도 바퀴가 돌아가게 시스템을 만드는 것이 회사에 궁극적인 목적이기도 하다. 그래서 매뉴얼은 통일해야 하고, 개인의 아이디어가 들어갈 때도 회사의 색깔에 맞게 적당히 녹여내야 한다.

이런 자동화의 하루에서 만일 건강문제나 정신적 고통이 찾아와 내가 고장이 난다면 어떻게 되는 것인가?

언젠가는 육체노동은 로봇이, 정신노동은 인공지능이 해주는 과도기 속에, 바퀴를 굴려야 하는 부품에서 걸리적거리는 자갈이 된다면 의지와 관계없이 나는 제거될 것이다.

매일 반복되는 일상이 지겹다가도 그 일상을 찾고 싶은 간절한 시기가 온다면, 자갈에 기름칠을 하면서 얼마간이라도 버티기 위해 어리석은 짓을 하고 있을까 그것이 두렵다.

갑자기 떠나게 된 선배들은 준비되지 않은 미래와 현재를 연결하지 못해 분노를 펼쳐내며 단절이 된다. 돈으로 메워서 연결이 될 것이라는 희망으로 기다리다 지쳐버린다. 회사에 시간으로 충성한 그들은 그렇게 연락도 없이 사라진다. 반면에 내일 당장 다른 일을 해도 문제없을 것처럼 준비를 해 온 사람들은 무작위로 닥쳐오는 문제에 아우라를 뽐낸다. 심지어 그런 결을 가진 사람들을 회사도 원한다. 그렇게 그들은 아직도 자리에 앉아있다. 적당한 일을 맡고, 적당한 인간관계를 유지한다. 하지만 자신을 나타낼 수 있는 사적대화에서는 전혀 다른 사람이 된다. 강의를 듣는 듯한 시간은 술을 몇 번 사줘도 아깝지 않을 만큼 강하게 남지만, 그들에게는 시간이 가장 소중하기 때문에 만날 수 있는 기회마저 잡기 어렵다.

나라는 부품을 비포장도로에 내놓지도 않고, 적당한 기회에 운전자가 되어 자신을 소모시킬 일을 최소화하는 그들은 모든 타이밍을 기가 막히게 잡는다. 회사라는 껍질이 없어도 필요에 의해 동그라미가 됐다가 세모가 된다.

새로운 틀에 적응하는 것은 늘 고되고 힘들지만, 나도 그렇게 되고 싶은 마음에 수시로 내면의 모습을 바라보려고 노력한다.

피할 수 없는 자동화의 삶에서 한 번도 고장 나지 않는 사람이 없을 것이다. 부품이 되는 건 받아들일 수밖에 없는 현실이지만, 고장이 났을 때 어떤 형태로든 전환이 될 수 있는, 실력 있고 말랑한 부품이 되기 위해 오늘도 한숨을 크게 내쉬며 여유를 장착해 본다.

{ 너의 옆의 소시오패스 }

회사에는 소시오패스가 존재한다. 전체 인구의 4%가 소시오패스라는 조사 결과도 있으니 조직 안에서 언제든 만날 수 있는 확률이다. 나 또한 일하면서도 몇 명을 보았다. 집에 있는 시간보다 회사에서 많은 시간을 보내니 어느 순간 자연스럽게 알게 된다.

그런 사람들과 같이 일하면서 감정을 빼고, 같이 건조한 레벨로 걸어가는 것이 참으로 어렵다. 제일 받아들이기 괴로운 것은 소시오패스와 가스라이팅이 세트로 온다는 것이다.

소시오패스 성향을 가진 사람들은 본인이 원하고, 생각한 대로 판을 만들고 키우는 것이 목적이다. 그 목적 안에서 체스 판을 변경하고, 높은 벽을 쌓아 그 틀에 가두는 작업을 하면서 감정을 서서히 뽑아간다. 그 과정에서 가스라이팅은 자연스러운 도구가 된다. 그 안에 갇히면 옆이 보이지 않기 때문에 내가 고립되어 있는 것인지, 내 생각이 어떻게 흘러가는 것인지 판단 자체가 잘 안 된다. 그렇게 시간이 흘러 자신의 생각을 의심하게 하고, 파괴되게 만드는 과정은 참으로 무섭다. 그것이 그들이 원하는 것이다. 어떤 이들은 카멜레온 같은 색을 가지고 있어 필요할 때마다 등장하는 민첩함을 따라갈 수가 없다.

이렇게 괴로운 존재인 그들을 몰아넣고 꾸짖어야 할까? 아니면 감정을 말랑하게 끄집어내 보도록 해야 할까?

불행히도 그들은 정말인지 그것을 원하지 않는다. 더군다나 섣부른 시도는 회사와 사회에 문제를 일으킬 수 있다. 상태를 잔잔하게 인정하고 적당할 거리를 두는 것만이 공생하는 방법인 듯하다. 소시오패스, 사이코패스라는 말이 최근에 생겨서 명칭화 할 수 있지만 그 옛날에는 과연 그런 이들이 없었을까? 어쩌면 타이틀을 씌우고 양분화되어 돌아가는 사회는 그들의 존재를 더욱 부각해 때로는 위태롭게 느껴진다. 물론 다양한 방법을 통해 그들을 수면 위로 올려 치료하려는 노력도 중요하지만, 정책 하나로 시장이 마음대로 되지 않는 복합적인 요인들이 매일 반복되는 세상에서, 다그치고 고쳐내기가 쉽지 않은 문제이다.

때로는 악에 대한 절댓값이 정해져 있을지도 모른다는 생각이 든다. 누군가는 성장을 통해 발산하며 누군가는 병이라는 타이틀로 할당량을 충족시키려 한다.

미래에는 새로운 이름의 존재가 또 탄생할 것이다. 무섭고 두렵지만 세상의 외로움과 고독이 낳고 있는 존재일 수도 있다.

우리가 이 세상을 살아내야 한다면 너무 두려워하기보다는 위험과 불안정이 공생하는 것이 인생이고 회사 생활이라고 생각하는 편이 낫다. 다만 그들의 타깃이 내가 되어 고통을 느낀다면 그 자리를 떠나는 것도 괜찮다.

그 모든 것은 우리의 잘못이 아니다.

{ 미친 외줄타기 }

"수량도 작은데 디자인까지 하면서는 진행을 못합니다."

내 귀는 옆 팀 선배를 향해 점점 깊숙이 빠져들었다. 그날따라 누구와의 전화인지 무척 궁금하다. 선배 쪽으로 슬그머니 다가가 새로운 바이어 건인지 물어보자 그가 답한다.

"미국에서 150개 점포를 가진 디저트 회사인데, 회장이 한인이다 보니 친구를 통해 어떻게 연결이 되어 연락을 받기는 했는데, 유니폼 같은 건 우리 회사에서 할 수 있는 일은 아닌 것 같아."

나는 호기심에 말이 튀어나와 버렸다.

"그거 제가 개인적으로 한번 해봐도 되는 일이에요?"

일도 많아 죽겠는데 도무지 이해할 수 없다는 눈빛으로 선배가 말했다.

"하고 싶으면 해 봐. 연결해 줄게."

그렇게 이야기가 마무리된 후 퇴근길에 탄천을 걸으며 아이디어를 끄집어내기 시작했다. 내가 하고 싶다고 했으니 모든 것은 내가 하기에 달렸지만, 알 수 없는 도전을 하는 용기 덕분에 현실과 연결시키는 방법을 찾는 과정은 늘 고역이다. 하지만 어떻게든 연결할 수 있는 점을 이어보자고 되뇌었다.

햄버거 집에서 아르바이트 한 경험을 꺼내보았다. 활동이 쉽게, 땀 배출이 쉽게, 세련되고 심플하게 디자인을 시작했다. 샘플실과 프린트 집에 부탁을 하고 개인돈을 들여 샘플을 몇 가지 만들어 발송하고, 몇십번을 고쳐낸 상세 설명과 사진을 이메일로 보냈다. 결과물에 최선을 다했다면 일단 잊고 지내보려고 했지만, 떨림의 순간은 계속됐다. 그렇게 2~3주가 지난 후에 감사하게도 연락이 왔고, 추가 설명과 견적을 요청받았다.

미국에 유명한 디저트 업체 유니폼을 내 손으로 출시할 수 있을지도 모른다는 생각에 심장이 터져버릴 것 같았지만, 마지막 결정의 끈이 나를 붙잡고 있으니 스스로 침착하자는 다짐을 반복했다.

그렇게 몇 번의 이메일 교신 끝에 결국 나의 디자인이 최종 채택되는 행운을 가지게 되었다. 미래는 미국시장에서 빛이 나고 있었고, 사람들이 나에게 박수를 보내는 행복한 상상은 계속 이어졌다. 지긋지긋한 숫자와 종이를 던져버리고 회사 생활에 안녕을 말했다. 그렇게 비행기표를 끊고 멋진 미팅을 준비하고 있었다. 공항의 공기는 따뜻했고 성장하는 회사의 모든 것이 화려하고 멋있었다.

'기죽지 말자. 새로운 세상에 놓인 순간을 너의 시간으로 만들어 낼 수 있다.'라고 생각을 반복하며 스스로 기를 불어넣었다.

준비한 샘플을 모델에게 입히고 떨리는 세포들을 밀어내며 당당하게 설명을 시작했다. 표정을 보니 반응이 꽤 괜찮은 듯했다.

프레젠테이션이 끝나고 관계자 중 한 분이 다른 방에서 잠시 미팅을 하자고 했다. 그는 계약서를 내밀며 말을 이어나갔다.

"이 샘플은 저희가 구매하겠습니다. 여기 사인 부탁드립니다."

영문의 내용을 다 이해할 수는 없었지만, 지금까지 만든 샘플비와 인건비를 포함하여 일정금액을 지급하고 디자인과 사용권을 모두 넘긴다는 내용이었다. 결국 이 돈을 받으면 멋진 미래를 상상하며 퇴사까지 하고 온 나는 삭제된다는 것이었다. 비참하게도 따지면서 반박할 경험도 지식도 없었다. 그리고 나는 혼자였다. 왕복 비행기표에 샘플실에 비용을 지급하고 나면 마무리가 되는 그 비용

옆에 입술을 꽉 물고 사인을 했다.

갑자기 실업자가 되었다는 생각에 멍해졌다.

'나는 여기서 무엇을 하고 있는 것일까?

이렇게 돌아가면 나는 무엇을 위해 사표를 냈다고 말해야 할까?'

옵션도 없이 선택한 시간들, 나는 신중하지 못했다. 커피를 한잔 마시며 현실을 바라보았다.

"그래! 미국에서 같은 일을 하고 있는 사촌오빠를 찾아가 보자."

{ 기가 막힌 게임 }

그렇게 나는 사촌오빠에게 회사를 구경하고 싶다며 며칠을 졸라서 출근길을 따라나섰다. 눈치를 보면서 남의 회사 구석에서 버티고 있는 내가 초라하게 느껴졌지만, 이렇게라도 안 하면 빈손으로 돌아가야 하는 모습이 더 끔찍했다.

'무엇이든, 어떻게든 오늘 하루라도 도움이 되어보자.'

그렇게 하루, 이틀, 바닥을 쓸고 주변 정리를 도왔다. 다행히 나를 불편해하는 사람은 없었다. 캐주얼한 회사의 분위기는 유통이 어떻게 되는지 시스템을 이해할 수 있도록 흥미롭게 돌아가고 있었다.

그렇게 2주째 될 무렵, 사장님은 나에게 관심을 가지고 방으로 부르셨다. 어떤 일을 했는지 그리고 어떤 일을 할 수 있는지 물었다. 그곳에서 필요한 일은 해외생산을 해서 단가를 줄이는 것이었고, 해외출장 몇 번과 해외공장과 일을 해 온 경험에 양념까지 뿌려가며 서바이벌 게임의 설명을 이어나갔다. 나에게는 이 순간이 놓칠 수 없는 기회인 것만 같았다.

그렇게 베트남에서 일하고 있는 친구와 함께 해외 생산 프로젝트를 만들어낸다. 그때부터 인생 최대의 고생이 찾아오는 걸 미리 알았으면, 한국으로 돌아왔을 텐데 말이다. 그렇게 인생은 미리 알 수 없어서 고되고 달콤하다.

두 명이 할 수 없는 일을 해내기 위해 하루를 48시간처럼 살았다. 미국 거래처와 일하니 잠은 포기했고, 베트남에도 수시로 가야 했다. 부족한 지식과 경험이 없는 실력을 가지고 몸으로 때우고 있으니 매출은 늘어가는데 감당이 안 됐다.

뭐가 맞게 돌아가고 있는지를 모르는 것이 가장 두려웠다. 하루하루가 금이 가있는 얼음판을 기어가는 느낌이었다. 오늘 나락으로 떨어져도 이상하지 않았다. 떨어지면 그냥 접히는 것이었다. 벗어나고 싶었지만 어떻게 벗어날 수 있는지 방법도 몰랐다. 그렇게 일 년 반을 살다 보니 돈도 건강도 정신도 다 떠나버렸다.

고집불통 성격 때문에 뭐라고 말도 못 하고 옆에서 끙끙되던 부모님은 모든 변수를 온몸으로 막고 있는 나를 눈물나게 바라보았다. 그렇게 모든 돈을 잃고 제로로 돌아간 나를 전 회사에서 불러주니 하늘이 도왔다는 마음뿐이었다. 매일 반복되는 협상도 없었고, 책상에서 앉아서 일할 수 있으며, 같이 상의할 수 있는 동료가 있다는 것이 이렇게 행복한 일인지 몰랐다.

물질과 깨달음을 바꾼 나의 미친 도전은 그렇게 마무리가 되었다. 이십 대 끝에 처절하게 망해본 경험은 가끔 웃음이 나는 추억이 되어 지치고 힘들 때면 그때 생각을 한다.

내가 지금 못할 일이 있을까?

{ 미치기 직전에 나를 만나다 }

처음 입사한 날 부장이라는 사람은 직원들을 줄 세워놓고, 욕을 퍼붓고 있었다. 며칠 지내다 보니 팀장이라는 사람도 데시벨을 최고치로 끌어올려 소리를 질러댔다. 소위 말하는 괜찮은 회사라는 풍경이 이러하니 '모두들 이렇게 살아가는구나.' 라고 생각했다.

동료들과 웃으면서 점심을 먹고 퇴근길에 술 한잔에 실컷 떠들다가도, 집에 돌아오는 길이면 심장이 두근거리고 우울함이 몰려왔다.

세월이 지날수록 문화는 서서히 바뀌어 진풍경을 연출했던 많은 분들은 집으로 가셨지만, 나만 알 수 있는 그 우울감은 늘어가는 연차만큼 줄어들지 않았다.

그렇게 미치기 직전에 나는 나를 만났다. 상처받은 모습을 마주했을 때, 추한 모습을 보는 것이 괴로워 모든 것을 때려치우고 싶었다. 거울 속의 내 모습은 시체 같았다.

몸뚱이를 지하철로 운반해서 자리에 나를 앉혔다. 감정은 과거에 머물고 몸은 현재에 머물고 신경은 미래를 향해 곤두서 있었다. 엇박자 속에서 나는 톱니가 엉킨 이유를 찾고 설명해야 하는 미션에 놓였다. 하지만 나의 모든 행동과 머릿속의 데이터는 회사에 의해 조사되고, 숨어있는 나를 끄집어내서 적나라한 점수 위에 올려졌다. 점수에서 미달이면 나는 세상의 낙오자가 되는 것이라고 생각했다.

셀프 마케팅인 회사 정치에 관심이 없는 나는, 핑계도 없는 돈의 세계의 노예가 되어 매달 들어오는 월급은 내 입안에 아스파탐을 가득 채워주었다. 그래도 결정적인 순간에 그 모습을 벗어나려고 노력한 것은 한번 뿐인 인생속의 자신을 사랑했기 때문이었다.

직장생활이 너무나 힘들고 서글퍼도 내가 나를 버리면 누가 챙겨주겠느냐고 생각했다. 그 후로는 나의 마음을 내 방식대로 표현해보기로 했다.

쫓기는 인생에서 내 마음대로 할 수 있는 것은 글쓰기가 유일했다. 내 이야기를 써본다는 건 나를 이해하겠다는 것이고, 단단하고 유연하게 걸어가겠다는 의지의 시작이었다. 현재의 내가 보이니 그렇게 감정을 정리하는 것만으로도 탈출의 길이 보였다. 그리고 우울한 곳을 떠나 다른 길을 찾고 성장을 했다.

옛날 말 틀린 것이 없었다. 이 또한 지나간다. 다만 내가 방법을 찾으려는 의지가 있다면.

{ 암이 고맙다는 그녀 }

얼마 전 옛 직장에서 같이 일하던 선배를 만났다. 나도 다른 회사로 이직했고 그분도 다른 직종에 사업을 하고 계시니 우리는 제삼자 관찰자 시점으로 과거의 회사를 바라봤다. 다시 그곳으로 갈 일도 없으니 선입견 없이 또렷하게 기억해 내고 있었다.

선배는 과도한 업무와 몇몇 힘든 사람들로 인해 어두운 시기가 계속됐다. 나 또한 상황이 크게 다르지는 않았다. 우리는 일하는 엄마로 공감대를 느끼며 견뎌낼 수 있는 방법도 찾아보고, 때로는 불쌍하기도 한 서로를 위로했다.

하루는 사무실에 들어서자마자 알 수 없는 무거운 공기가 느껴졌다. 직감적으로 무슨 일이 생겼나 싶었는데, 선배가 건강검진에서 유방암이 발견되었다. 나는 그 옆에 쪼그려 앉아 그녀의 두 손을 꼭 잡았다. 결과에 어찌할까 몰라하며 세상에 혼자 놓인 기분이라는 그녀의 얼굴을 바라보는 순간, 나도 눈물이 떨어졌다. 자리로 돌아와서 책상을 멍하게 바라보니, 갑자기 그곳이 지옥 같아 보였다.

그녀는 치료를 위해 병가를 내고 그 후에 퇴사를 했다. 나도 다른 곳으로 이직을 하고, 우리는 오랜만에 다른 세상에서 웃으며 그렇게 만났다.

건강을 묻는 안부에 그녀는 그곳을 탈출해서 기쁘다고 한다. 물론 모든 결정은 자신에게 달렸지만, 사표라는 것이 던지고 그만두면 되지 않을까 싶다가도, 이 나이에 책임감 없이 나가버리는 것 같아서 참 마음대로 안 되는 결정들이 반복되는 묵직함이 있다.

"사실 그때 암이라고 해서 한편으로는 얼마나 기뻤는지 몰라요."

내 귀를 의심했다. 암이라고 해서 두렵다고 눈물을 흘렸던 그녀의 감정에는 여러 가지가 녹아 있었다. 책임의 무게에서 벗어나지 못하는 그녀에게 그만둘 수 있는 빌미가 생겼다는 것이 한편으로는 기쁜 일이었던 것이다.

진심이 통하지 않는 시간들, 무슨 수를 써도 자책과 자학이 깔려서 빠져나올 수 없는 늪과 같은 시간들, 생각해 보면 모든 것이 사람에서 시작된다. 이런 일을 겪고 나면 어른이 될수록 윗사람이 될 수록 진심이 통하는 좋은 사람이 되어야겠다는 결심을 단단히 하게 된다. 선임이 될 수록 정체성이 모든 결정에 녹아있기 때문이다. 모든 사람을 만족시키려고 노력하는 것이 아니라 내면이 건강한 사람이 되고 싶다.

일을 잘 해내면서, 높은 직급으로 올라갈수록 좋은 사람이 되는 것이 불가능하다고 생각한 적도 있지만, 나의 삶이 하루하루가 진중하고 진실되면 누가 알아주지 않아도 감정은 통하게 된다. 그것이라면 가슴을 나눌 수 있는 팀이 되어가는 짜릿한 순간이 한 번쯤은 느껴지지 않을까.

지옥을 만드는 사람은 지금 본인의 삶도 지옥 같을 수 있다. 안타깝게 생각해야 하는 부분이다.

{ 월요병 }

일요일 오후 5시, 마음이 조급해진다.

빨리 아이 숙제를 봐주고 저녁 밥을 먹고 치우고 10시에는 자야겠다. 내일 일찍 출근해서 메일을 확인하고 보고자료를 9시 전에 제출해야 한다. 주말 사이에 해외에서 온 문자와 전화 내용들을 정리해 본다. 가슴이 답답하고 머리가 아파온다.

분명 10시에 자기로 했는데 벌써 11시가 넘어버렸다. 잠을 충분히 자고 맑은 정신으로 일을 쳐내도 될까 말까인데, 잠이 안 오는 것 때문에 불안해서 더 잠이 안 온다.

역시 아침에 일어나니 머리가 멍하다. 국에 밥을 말아먹고, 영양제를 종류별로 입에 털어 넣는다. 지옥철에 끼어서 오늘도 회사로 운반이 된다. 아무래도 큰 사이즈 커피를 사가서 정신을 차리며 일해야겠다.

엘리베이터를 기다리는 1층에서부터 심장이 뛴다. 마음은 급한데 오늘따라 엘리베이터가 너무 느리다. 시간마다 끝내야 할 일이 기다리고 있는 자리에 앉아 일을 시작하고 몰입하고 빠져든다. 어떻게 시간이 지나갔는지도 모르게 점심시간이 찾아온다. 그렇게 정신없이 처리하다 보면 월요병은 잊어버리고, 월요일은 끝난다.

어제 월요일을 걱정했던 시간을 생각하면 어이가 없다. 차라리 웃으며 책이나 보다 잘 것을 그랬다. 하지만 일요일 5시가 되면 또 그렇게 불안이 반복되니 왜 그런지 모르겠다.

이렇게 단순해서 또 웃으며 세상살이를 반복할 수 있는 것 같기도 하다.

{ 연차의 독선 }

연차가 늘어갈수록, 팀의 리더로 올라갈수록 팀원들과의 간격은 넓어지고 혼자 해결해야 하는 일은 늘어간다. 그렇게 혼자 고립된 채 수많은 결정을 하면서도, 항상 선택 앞에서 심장은 움츠러든다. 의견을 말해야 할 기회가 많아지면서 생각했던 바에 대한 아집은 뚜렷해질 수밖에 없고, 현재의 상황을 팀과 같은 선상에서 공유해야 한다는 것이 힘들게 느껴진다. 하지만 상황마다 이해를 바란다는 것은 한 번에 소통하려는 욕심일 뿐이다. 어느 정도의 연차가 돼야 보이는 그림들이 있기 때문이다.

머리로는 이해하지만 마음속으로는 생각하는 방향대로 빠져들고, 그것을 이해하지 못 하는 사람들과 시스템이 야속하게 느껴지기까지 한다.

하지만 발언의 기회가 많아질수록 중심이 나에게 맞춰져 있을수록 말은 압축해서 내뱉고, 주변의 이야기를 들어야 한다. 주변에 좋은 이야기만 있는 것은 아니기 때문에 채찍질이 괴롭기도 하지만, 뒤집어보면 조직이라는 다양함에서 모두들 나를 좋아하는 상황이 더 말이 안 되는 것 같다.

독선으로 밀고 나가기 시작하면 실수의 결과들은 고스란히 부메랑이 되어 함정으로 돌아온다. 그 깊이는 생각보다 깊어서 빠져나오고 싶어질 때는 앞이 보이지 않는다. 도움을 받고 싶어도 이미 다 떠나버린 다음이다. 나도 그러했고, 많은 선배들이 그렇게 책상을 정리했다.

지금 나의 지하가 힘듦의 전부인 것 같아도 지하차도 옆길은 다른 세상이다. 회사가 전부는 아니지만 연차가 되어갈수록 주변의 소리를 듣는 깊이 정도는 가져야 할 이유는 분명하다.

{ 답이 빨리 내려지길 포기하자 }

SNS를 보고 있으면 부자가 되기 위한 치트키가 난무한다. 비법을 손에 쥐지 못한 나는, 보고 있을때 마다 마음이 조급해진다. 미라클모닝, 새벽 운동, 주말공부 등등. 뭐든 해야 한다는 생각으로 머리가 꽉 채워진다. 먼저 시작한 사람들과 십 년 후에는 엄청난 격차가 난다는 이야기들이 초초함만 키워준다.

근데 왠지 하고 싶지가 않다. 다가오지도 않은 미래의 방황들로 27살에 늦은 취업을 시작한 나는, 남들보다 앞서 나가야 한다는 생각에 스스로를 압박하며 회사 생활을 했다. 하지만 앞서 나가기는 커녕, 일단 하루를 살아내는 게 너무 힘들었다.

화장실을 가지 말라는 사람도 없는데 그 시간조차 자리에 앉아 있어야 할 것 같은 불안감이 계속됐다. 야근을 매일 하는데도 쌓여 있는 일들을 보면 눈물이 나고, 다 그만두고 싶다가도 이것도 해내지 못하면 어디를 갈 수 있겠느라고 생각하는 갈등의 연속이었다.

그렇게 십 년이 지나니 연봉 상승폭도 달라지고, 고속 승진도 하는 시기가 있었다. 정말 뒤돌아보니 어느 순간 앞으로 나가있었다.

하지만 우리는 답이 빨리 내려지길 바란다. 결론이 내 손에 주어지길 바란다. 내가 그것을 받아들일 준비가 되어있지도 않고, 만일 그런 기회가 나에게 왔더라도 내가 지켜내지도 못했을 것인데 말이다. 그리고 보면 매일 불안에 떨고 있는 것 보다 하루를 열심히 살아내는 것만으로도 앞서나가는 것일지도 모른다.

SNS에 부자 되는 방법을 알려줬던 사람들은 과연 그 방법대로 십 년을 꾸준히 실천할 수 있을까? 앞서 나가다가 일찍부터 지쳐 떨어지는 사람도 의외로 많다.

그냥 하는 거다. 깊이 생각하지 말고 그냥 어제처럼. 그러다 보면 어느 순간 나는 달라져 있을 것이다.

{ 일을 혼자 처리할 수 있다는 어리석음 }

나는 계속 걸어가고 있었고 목적지에 다 닿았다고 생각해서 멈춰 서면, 이 면과 저 면이 만나는 꼭짓점 사이에 있었다. 꼭짓점 사이에서 갈길을 잃었고, 빠져나오지 못했다. 이렇게 몇 번을 반복하다 숨이 멎을듯한 어두운 꿈에서 깨어났다. 베개는 흥건하게 땀으로 젖어 있었다. 꿈이였지만 한때는 현실 같은 때도 있었다.

힘들어하는 팀원들을 위해 새로 합류한 내가 모든 일을 끌어안고 해결해 주면, 그들의 숨통을 트이게 할 수 있을 것 같았다. 그렇게 일을 깔고 앉아서 밤늦도록 남아있는 나는, 쌓여가는 일과 함께 피로감으로 짓눌리고 있었다. 일처리가 늦어지고 정신 차리며 해야할 판단들이 제때 서지 않았다. 해도 해도 끝이 보이지 않는 일 속에 실수가 생기고. 내 풀에 내가 나가떨어지기 직전까지 나를 밀어 넣었다.

책상 앞에 쌓여 있는 일거리 앞에 혼자 남아 있던 어느 날, 눈물이 터져버렸다. 팀원들을 배려했던 결과는 팀원들의 불만으로 이어지는 아이러니한 상황이 되어버렸다. 결정을 내려줘야 하는 일이 늦어지고, 그로 인해 진행이 미뤄지니 다른 문제들이 사방으로 터지기 시작했다. 일 차원으로 생각한 어리석음 때문에 누구 하나도 이익이 될 수 없는 문제에 직면한 것이다. 그리고 다시는 이렇게 일하지 말자고 결심했다.

회사는 조직 시스템이다. 절차를 만들어 놓은 것은 모든 과정과 결정을 최대한 같은 선상에서 공유하고 같은 방향으로 진행할 수 있도록 하고, 누군가가 없어도 돌아갈 수 있도록 하는 것이다.

만들어 놓은 틀에 혼자 열심히 끼워 넣으면 된다고 생각했던 내가 어리석었다. 혼자 처리하려고 할수록 회사가 원하는 방향과 맞지 않게 가고 있을 가능성이 크다. 그렇게 엇박자가 나기 시작한다.

맑은 정신에 중요한 결정을 하며, 미루지 말고 당장 진행할 수 있는 뾰족함이 중요하다. 설령 그것이 잘못됐더라도 투명하게 오픈하고 수정하면 된다. 그것이 실력이다. 묵묵히 엉덩이로 하는 일은 그다음이다. 회사는 고등학교가 아니니까.

{ 나는 좋은 선임인가 }

이사님을 처음 만난 날, 그녀는 여성스럽고 고왔다. 우리 분야에서 이사까지 올라가려면 싸움닭 같은 분들이 많아서 좀 의외라고 생각했다. 즉답보다는 생각에 생각을 거듭하는 신중한 스타일이라 성격이 급한 나로서는 답답한 적도 있었지만, 그런 나를 배려해 주시는 마음이 좋기도 했다. 생각해 보면 다 맞는 상사가 있을까 싶다.

특진을 하고 빠르게 팀장이 되다 보니 회사에 굵직한 안건에 대해서 발언할 기회도 생기고, 새로운 프로젝트를 할 기회도 생기니 힘들지만 참 신이 났다. 하지만 그런 좋은 상사와 많은 기회 속에서도 복병이 있었으니, 오더를 연결해 주는 에이전트였다.

벤더와 에이전트는 암암리에 갑과 을의 존재가 되어, 회사에서는 나를 지지해줘도 그곳에서는 낮은 자세로 굽실거릴 수밖에 없었다. 그렇게라도 맞춰가야 매출을 늘릴 구멍도 찾아보고, 팀을 유지할 수 있다는 것이 속상하기도 했지만, 그게 현실이니 받아들여야 했다.

어느 날, 중요한 오더 건으로 에이전트에 자료를 보내기 위해 이사님과 상의를 하고 있었는데, 그쪽 팀장이 지금 퇴근해야 하니 서둘러 자료를 보내 달라고 여러 차례 전화를 해왔다. 나도 상황을 모르는 것은 아니지만 조급한 마음에 일을 그르치고 싶지는 않았다. 전화로 계속 재촉을 당하고 있으니, 결정이 계속 지연이 되는 상황에 전화를 그만해달라고 단호하게 말해버렸다. 그쪽 팀장은 화가 잔뜩 나서 그 후로 내 전화를 받지 않았다.

나에게 꼭 해야 할 말은 우리 팀원에게 대신 전해 달라고 하던가 혹은 이메일로 교신했다. 사회 생활하면서 별의별 사람 다 만나봤지만 일하는 사람과의 관계는 그냥 잔잔하게 수평만 유지하면 된다고 생각했는데, 일에 감정을 넣어서 모든 사람을 괴롭게 만드는 그녀의 성격이 도무지 이해되지 않았다. 그래도 에이전트인데 성숙

한 모습으로 사과를 해야겠지 싶어서 죄송하다는 이메일도 보내고, 전화도 여러 차례 걸었지만 세 달이 넘어가도록 답도 없는 그녀와 일하는 게 고역이었다.

그러던 중, 나와 이사님 그리고 에이전트 대표님과 미팅이 생겼다. 미팅 말미에 대표님이 혹시 바라는 점이 있으면 이야기해보라고 하는 것이 아닌가. 나는 당연히 불편한 관계에 대한 생각이 스쳐갔지만, 후폭풍이 걱정되어 에이전트 대표님에게 이런 말을 꺼내도 되나 망설임이 계속됐다. 정적이 흐르고 머릿속이 잠깐 복잡해져 갈 무렵, 알 수 없는 용기가 찾아왔다. '에라 모르겠다. 할 말은 하고 오늘 짤리자!'라고 생각하며 입을 뗐다.

"오더를 받고 협조를 하는 것이 저의 역할이지만, 저에게도 부족한 부분이 있었습니다. 그러나 몇 달 동안 전화를 받지 않고 의견을 받아주지 않는 담당자와는 일하기가 너무 힘듭니다."

그렇게 계속 이야기를 이어갔다. 이성의 세포 없이 논리적으로 이야기가 이어지는 것에 대해 스스로도 놀라고 있었다. 아마도 머릿속에서 그녀에게 할 말을 많이 정리해 왔었는지 모르겠다. 대표님의 표정은 점점 굳어지고 뒤돌아 내려오는 엘리베이터에서 이사님과 나는 말이 없었다. 이사님이 커피 한 잔 하자는 한마디에 오늘 회사로 돌아가면 짐 정리를 해야겠다 싶었다. 하지만 그녀는 아무

것도 물어보지 않았다. 돌아오는 택시 안에서도 좌불안석이었지만 한편으로는 마음의 깊이가 느껴졌다.

며칠 후에 이사님은 나에게 그 브랜드를 정리할 데이터를 준비해 달라고 하셨다. 평소에 나의 의견을 생각해 주신 결정이었다.

그 이후로도 전적으로 나의 의견을 존중해 주셨고, 일을 하면서 경험하기 힘든 기회들을 느끼며 배워나갔다. 그때는 몰랐지만 뒤돌아보면 많이 성장했던 것 같다. 그리고 일에 임하는 태도와 리더의 마음을 느꼈다.

다양한 사람들과 함께 일을 하는 리더 자리가 얼마나 힘들었을지 조금이나마 이해가 되었다.

그때 생각을 하니, 나는 누군가에게 과연 좋은 선임일까 되돌아보게 된다.

{ 도전의 동굴로 나를 밀어 넣기 }

옆팀 팀장이 갑자기 퇴사하면서 분위기가 어둡고 어수선하다. 팀이 위기라는 소문이 쫙 돌았다.

신경 안 쓰며 지내던 나는, 승진이라는 사탕과 함께 그 팀에 팀장으로 발령이 났다. 참으로 세상은 하나도 내 뜻대로 돌아가지 않는다. 그런데 어쩌겠는가. 해내든지 나가던지 둘 중 하나이다.

'일단! 어떻게든 분위기를 반전시켜야 한다.'

팀원들과 면담을 하고 어떻게 해야 할지 고민하던 사이에, 사업 계획을 짜본 적이 없는데 2주 뒤까지 내년 매출 계획을 제출하라고 한다. 솔직히 어디서부터 어떻게 해야할지 모르겠다.

이번 시즌부터 해외 공장에는 한국인 대신 현지 담당자로 교체가 됐다. 팀에 해결해야 할 문제들이 쌓여 있는데 영어로 설명을 해서 어떻게 실타래를 풀어갈 수 있을지 깜깜하다. 이 모든 것들이 한꺼번에 나에게 주어진 과제였다.

도망가면 나는 여기서 끝날 것이고, 해낸다면 다른 레벨로 올라갈 수 있지만 그 과정은 너무 혹독하다는 걸 모를 수가 없었다. 모르는 것은 선임들에게 물어보고, 영어는 따로 과외를 받아서 공부하고, 리더십은 자신을 믿으면서 결정과 동시에 잘못된 것은 수정해 나가는 수밖에 없었다.

아주 미세하게 무언가 꿈틀꿈틀 맞춰지는듯 했지만, 위에서는 오랫동안 기다려주지 않았다. 다이너마이트가 터질 시간이 다가오는 회의 시간이 되면 숨이 막히고 초조했다. 그렇게 또 한 고비를 넘어선 어느 날, 다른 안건이 있으니 팀장들만 남으라고 한다.

개인주의가 강하지만 능력은 좋은 직원이 있으니, 같이 일하면서 매출을 올리면 대가가 있을 것이라고 했다. 결국 모두 일하기 힘들어하는 이 팀원을 누가 데려갈 것인가 손을 들어보라는 것이었다. 몇 분 사이에 수많은 생각을 했다. 만일 이 친구를 영업해서 또 다른 미션을 만들어내면 나는 시간을 좀 더 벌 수 있을지도 모른다는 결론이 순간 내려졌다. 나는 손을 들고 그를 팀원으로 받아들였다. 도전의 구렁텅이로 나를 한발 더 밀어 넣었다. 회의실을 나오자마자 도대체 어떻게 하려고 이러는가 싶었다.

　어릴 때부터 나의 능력이 어디까지인지 시험해보는 것을 좋아했다. 그래서 인지, 한번 해보고 안 되면 '다른 방법을 찾아봐야지.' 이런 생각을 많이 했다. 몸으로 느끼지 못하면 머리에 저장이 안 된다. 그러다보니 매일 실수투성이다. 바보인가 싶다가도 아이디어가 샘솟을 때는 천재인가 싶다가도 혼자 온탕과 냉탕을 오간다.

　도전과 변화는 나에게는 돈보다도 중요한 요소인 듯하다. 새로운 것을 배우고 응용하고 실천해 보고 몸으로 느끼면, 나는 또 다른 여정을 준비하러 떠나는 자신이 참 흥미롭다. 흥미를 느끼면서 경험을 입혀가면서 나이가 채워지는 것은 즐겁지만, 도전에 대한 체력에 한계가 느껴질 때는 슬프기도 하다.

　이번 명절에도 그 친구에게 안부 문자가 왔다. 당당하게 잘 지내고 있으니 참 마음이 좋다. 처음에는 힘들었지만 그래도 어느 부분에서 나와 마음이 통했다고 생각하니 그 또한 좋은 추억이 된다.

{ 　회사에서 나를 갉아먹지 않는 일　 }

요즘은 현재에 집중하는 일이 참 어렵게 느껴진다. 아마도 많은 결정에 내가 녹아있지 못해서 그런지도 모르겠다. 인적 네트워크 속에서 정보도 얻고 많은 아이디어도 떠올리지만 결국에는 쓸데없는 일이 돼버린다고 생각하면 의미의 의욕이 없어진다.

회사 안에서 나를 표현하는 것도 중요하지만 회사의 언어로 의견을 말할 수밖에 없기 때문에 때로는 에너지 소비와 상실감이 같이 찾아오기도 한다.

인간은 상황에 맞춰 스토리텔링을 할 수 있는 탁월한 능력을 가지고 있고, 상당 부분의 기억은 왜곡되고 편집될 가능성이 있어 좌표에 내가 찍혀 있는지 계속 생각하게 된다. 하지만 모든 회사일에 좌표를 찍어가며 앞으로 나가는 것은 너무 피곤한 일이다.

나의 흔적을 남기기 위한 철저하고 빡빡한 준비는 현재 안에서도 계속 미래 걱정만 하게 만든다. 현재에 집중한다는 것을 의도적으로 하지 않으면 어려운 일이 되어버린다.

덕업일치가 중요하기는 하지만, 회사에서 매일 주어지는 업무가 신날 수는 없지 않은가. 그리고 다음 단계로 넘어가는 미션이 순조롭게 진행될 리도 없다.

그래서 얼마전 부터는 오늘의 나의 모습과, 그것을 생각하고 있는 현재의 나에 대해서 스스로 말해주려고 노력한다. 그냥 잘한 것은 잘했다. 오늘 실수한 것은 내일 잘해보자라고 말해본다. 반복되는 회사 생활에서 똑같은 내일을 살아내야 하는 자신에게 이렇게라도 짐을 내려주고 싶다.

무엇인지는 모르겠지만 천천히 잘 걸어가고 있다고 해두자. 현재에 집중하다 보면 어느 순간 내가 생각하지 못했던 새로운 길이 느껴지기도 할 것이다. 낯선 동네에 무작정 내려 골목길을 찾아다니다가 너무 멋진 가게를 발견하듯 현재는 그렇게 흥미롭게 스쳐가고 있을 것이다.

나에 대한 열린 가능성, 긴장감 속에 느껴보는 시간의 자유를 잠시나마 느껴본다. 이렇게라도 하지 않으면 우리는 집착하며 괴로워할지도 모르기 때문이다.

　오늘도 생각해 둔다. 회사생활은 그냥 회사 생활이다. 크게 힘들어하지 말자.

{ 회사 안의 미술작품 }

버려진 철재, 플라스틱, 나무들을 가지고 만든 조형 작품들을 보면 어떻게 아이디어를 가지고 형태를 만들어 무에서 유의 완성품으로 탄생시켰는지 놀라울 때가 많다. 그냥 두었으면 다 쓰레기로 버려질 물건들인데 말이다.

오늘 지나가듯 들린 뾰족한 말들, 매일 다가오는 스트레스, 상사에게 받은 충고들. 그냥 흘려보내고 싶은 쓰레기 같지만 한번 곱씹어보고 내 것으로 만들고 쌓아가면 그건 내 작품이 되는 것 같다. 그것들이 어제와 다른 나를 만들고 그것은 인생이 된다.

뾰족한 말들을 받아들이는 과정은 참으로 고통스럽다. 하지만 마음을 바꾸어 두려움 앞에 한 발자국 내밀어 보고, 상처와 같았던 말들을 내 언어로 조합하여 다른 이에게 선보이는 과정은 참 좋다. 블로그에 글을 올리고 어떤 결과물이 되어 업로드 되었을 때 나의 생각은 다른 방향으로 객관화되는 즐거움이 있다. 글이 참 좋다고 하는 관람객들을 만나면 그것은 더 이상 스트레스가 아니게 된다. 물론 인생은 생각보다 순탄하지 않아서 쓰레기를 왜 조합했느냐, 발로 만들어도 그것보다 잘 만들었겠다 하는 비난도 같이 찾아오겠지만, 스스로 쌓아 올라가고 있는 그 재미의 깊이를 느낀다면 시도를 안 해 볼 이유도 없다.

글로 흔적을 남기는 일이 어떤 결과가 찾아올지 아무도 모르는 것이다. 내가 이렇게 글을 쓰고 있는 것처럼 말이다.

{ 버티려고 할수록 무너진다 }

남들이 토익 공부와 취업 스터디를 할 동안 어떻게든 되겠지 하는 안일한 마음으로 하루하루를 버렸다. 아마도 시장에 나올 준비를 하지 않은 내가 서바이벌 게임에서 호되게 깨지는 게 두려웠던 것 같다. 모르는 사람들이 있는 곳으로 도망치고 싶었다. 미국에 살고 계시는 외삼촌께 연락하여 한동안 신세를 지겠다고 했다. 영문 이력서 한 장을 작성해서 미국행 비행기를 탔다. LA는 영어 없이도 살 수 있다고 들었는데 그건 내가 관광객일 경우였다. 돈을 벌려면 영어가 필요했다. 매일 10장의 이력서를 출력해서 아침부터 부티

크샵에 문을 두드렸다. 어설픈 영어로 말하기가 부끄러워 매대 위에 놓고 도망치듯 나오기를 반복했다. 그렇게 이틀, 삼일 시간이 흘러갔지만 아무런 연락이 오지 않았다. 하루 종일 돌아다니다 지쳐 돌아오는 내가 불쌍해 보였던지 의류회사에 다니는 사촌오빠가 디자인 팀 보조 일이 필요한데 한번 같이 가보자고 했다. 가슴이 뛰었다. 그곳에 가있으면 있으면 청소를 해도 즐거울 것 같았다. 그렇게 의도치 않는 기회 속에 일이 시작되었다. 허드렛일을 하고 있었지만 팀장님은 감사하게도 나를 회의에 참석시켜 주었다. 지금을 놓치고 싶지 않아서 퇴근하고 돌아와 배운 것들을 모두 적어내기 시작했다. 하루하루가 새로웠다.

미국 인턴 경력만 있으면 한국에 돌아와서 서로 불러 줄 것 같았지만 몇십 통의 이력서를 넣어도 면접 보러 오라는 곳이 없었다. 방구석에서 한숨만 내쉬는 모습을 부모님께 보여드리고 싶지 않아 서점에서 하루 종일 책을 읽고 저녁에는 이력서를 넣었다. 한참 뒤에 한 회사에서 연락이 왔다. 나중에 들으니 해당 바이어 일을 했던 사람을 찾고 있었는데 우연히 나를 발견한 것이었다.

미국에서의 짧은 생활은 많은 것을 가져다주었다. 큰 회사에서 해외 일을 하다 보니 주변 친구들보다 연봉도 높고 대우도 괜찮은 편이었다. 하지만 하루 종일 영어와 숫자 사이에서 한숨을 쉬고 돌아보면 옷이 가득 쌓여 있었다. 어릴 때부터 옷장 앞에서 이것저것 입어보면 몇 시간이 훌쩍 지나가 있을 정도로 옷이 좋았다. 미디어를 통해 접한 패션 일은 재미와 창의성으로 가득 채워져 있었고 의상 전공은 미래를 향한 화살이었다. 그러나 현실은 매일 반복되는 업무 속에 자율성 없는 세상이었다. 다른 생활을 해보겠다고 뛰쳐나가 미국, 베트남으로 떠돌아다니며 일을 하고, 정신을 쉬어야겠다며 갑자기 카페도 했었다. 하지만 나는 또 이곳으로 기어 들어왔다.

인생의 바닥이라고 느껴질 때면 모든 것을 놓고 싶지만, 나락으로 떨어지는 기분까지 느끼고 싶지 않아 가장 우울한 시기에 도전을 감행하는 자신에게 화가 났다. 이직을 하고 업무를 변경할 때마다 주위의 시선과 또다시 시작해야 하는 과정 속에 무너지지 않으려고 버티는 나를 마주했다. 왜 그렇게 해야 하는지 묻고 또 물었지만 그게 나였다. 잠재되어 있는 끼를 써야 하고 조직 안에서 한계치를 건드려 봐야 하고 진심으로 안아 주면 손해라는 것을 알면서도 달려가며 새로운 것이 떨리지만 그걸 즐기면서 삶의 기억에 녹아 있는 단어를 사랑하고 가식밖에 나를 놓아두고 평가하고 싶은 사람이라는 것을 인정해야만 했다. 하지만 나이는 먹어가고 현실은 차가웠다. 그리고 육아라는 임무는 나중에 할 수 있는 것이 아니다 보니 멋있는 선배라는 말보다 하루하루 버티는 삶이 계속됐다. 하지만 고비 때마다 힘이 돼 주는 동료들이 있었고, 도와주는 가족이 있었다. 10년이 넘어가면서 업무는 자리를 잡고, 임원들 앞에서 할 말도 할 수 있는 자신감도 생겼다. 하지만 이제 좀 할만 하다 싶을 때가 오면 역시, 회사는 가만히 둘 리가 없었다. 이것은 실력의 민낯이 될 수도 기회가 될 수도 있다. 회사 생활을 하다 보면 큰 프로젝트가 갑자기 다가올 때가 있다. 마무리가 잘 된다면 상승 곡선과 연결되기 때문에 이 기간 동안 모든 집중력을 다 짜내게 된다. 하지만 바짝 최선을 하는 것 만으로는 한계가 있다. 실력은 평소에 쌓아야 한다는 생각이 절실하다. 누군가 말했듯이 가랑비에 옷 젖듯이 말이다. 모든 것이 과정과 시간 그리고 꾸준함이 필요한 것들이다.

하지만 꾸준하게 노력을 해도 회사의 비전과 상황이 자신과 다 잘 맞는 것은 아니다 보니 이직을 생각한다는 것은 어쩌면 성장에 대한 욕구 일수도 있다. 때로는 조급함 때문에 섣불리 이직을 한 후에 몇 년을 힘들게 지낸 적도 있지만, 선택 안에서 길을 만들어 내는 것이 실력이므로 부족함을 받아들이는 것도 경험이라고 생각하기로 했다. 지나고 보면 가장 최악의 경험 때문에 최고의 경력을 쌓았을지도 모른다.

{ 회사 생활로 건물 못 산다 }

　　이직은 성과 위주의 이력서 작성으로 서류를 통과하는 것이 일단 중요하지만, 하이라이트는 면접이다. 면접은 짧은 순간에 나를 어필하여 그곳에 들어갈 수 있는 티켓을 얻게 되니 해도 해도 떨리는 과정이다. 면접관의 입장에 놓일 때도 있었지만 실력이라는 것을 짧은 시간에 판단하기도 어려울 뿐만 아니라 질문을 잘해야 한다는 생각에 나도 긴장이 된다. 하지만 그 순간에도 대화하면서 즐거운 사람들이 있다. 그들과 일하는 모습을 상상하면 합이 잘 맞을 것 같다는 생각이 저절로 든다. 그것은 시험 범위 준비로는 불가능한 것들이다.

면접을 볼 때면 회사 현재 상황이나 요구하는 핵심 역량에 대해서는 준비를 하는 편이지만, 당일 날은 아무것도 하지 않고 마음을 편안하게 놓으려고 한다. 망치면 나의 실력은 거기까지 임을 받아들이고, 말이 술술 나온다면 잘 맞았다고 생각하면 그만이다. 내가 간절히 원한다고 안 된다는 일이 되지 않는 게 인생의 순리이다.

이직이나 직무 변경을 할 때는 돈을 내려놓고 무엇을 원하는지 솔직히 적어봐야 한다. 경제적인 면은 가장 중요하기 때문에 이 부분에서 객관성을 많이 잃어버리기는 하지만, 생각해 보면 길어야 25~30년 회사 생활을 하는 것에 비해 인생이 너무 길다. 이 시기에 역량을 쌓아서 직업인이 되던지 다른 업을 찾을 수 있는 발판이 된다고 생각하는 것이 맞다. 모든 것을 내려놓아야 한다. 재고 정리를 하지 못한 채로 새로운 것을 또 받아들이면 고통은 쌓이게 된다. 과거의 경력, 나의 퍼포먼스는 입사할 때 필요한 것들이고 그다음은 힘들지만 다시 시작하는 마음을 가져야 한다.

혹시나 대기업에 들어왔으니 정년까지 적당히 버틴다고 생각한다면 뒷방 늙은이가 되겠다는 것이다. 자신도 모르게 새로운 정보도, 새로운 세상도 제공되지 않을 것이다. 왜냐면 그 통로는 자발적으로 막혔기 때문이다. 세상이 이렇게 빠르게 변하는데 말도 안 된다고 생각할 수 있지만 그런 사람들을 수도 없이 봤다.

세상은 치열하고 불공평한 것으로 시작된다. 불평을 가지고 임해 봤자 그 시간만큼 내 손해이니, 일단 시작점이 어디든 결정이 되었으면 멈추지 말고 걷든 뛰든 해야 한다. 힘들다고 제자리걸음 10년쯤 되면 보이지 않는 어딘가에서 고립될 것이다.

운 좋게 최고의 실적으로 가슴을 쫙 피고 다니시던 분이 인사도 없이 하루아침에 사라지는 곳이 회사다. 누구에게나 언젠가는 서바이벌 티켓이 손에 쥐어진다. 그때가 되면 책상 앞이 아닌 세상에 나가 쥐어 터지고 있을지도 모른다. 과연 타이틀이 없는 세상에서 돈을 벌어올 수 있을까 생각해봐야 한다. 금요일에 되면 맛있는 간식을 두 손에 들고 웃으며 집으로 들어와 일요일 밤에는 잠을 설치며 잔뜩 긴장된 월요일에 옷을 챙겨 입고 나가는 일주일을 반복하며 새로운 것을 받아들일 시간이 없다고 생각하기에는 세상은 너무 빨리 변하고 있다. 서툴고 어설프지만 재능이라고 생각하는 것들에 대해 여러 가지를 장기적으로 시도해보고 있다. 티켓을 손에 쥐고 칼바람을 맞을 때 텐트 정도는 준비해놓고 싶다. 생각보다 빨리 준비된다면 텐트 안에서 회사일이 더욱 신나게 느껴질 것이다.

{ 혼돈은 진화를 만든다 }

새로운 회사, 새로운 팀 그리고 새로 시작하는 일. 변화라는 것은 두려움과 세트다. 오늘의 끝이 무엇이 될지 모르는 하루 그리고 아침부터 어떤 일이 닥칠지 모르는 시작은 늘 초조하고 불안하다. 예측되지 않는 것이 불안함을 끌어당기는 삶을 우리는 좋아하지 않는다.

지난달은 경기가 안 좋은 지표들과 미디어 속의 말들이 한가득이었는데, 이번달부터 호조세라고 하는 세상이 되었다. 예측이라는 것은 의미가 없어지고, 전문가의 영역도 많이 달라졌다. 뭐가 맞고

틀리고의 훈수를 듣는 것이 도움이 되지 않는다.

　트렌드를 따라가는 것은 피곤하지만, 분명 투명하고 흥미로운 세상으로 던져지고 있는 것은 분명하다. 길거리에서 상품권을 흔들며 종이신문 판촉을 하시는 분, 장사하러 나왔는데 물건으로 벽을 쌓아놓고 스마트 폰만 보고 있는 분, 주어진 일이 없는데 제일 늦게 퇴근 하는 분들의 공통점은 기존의 것이 편하기에 변하지 않고 있다는 것이다.

　오늘 하루를 때운다는 것도 보람된 의미일 수 있지만, 세상이라는 서바이벌 게임장은 우리를 가만히 두지 않는다. 흥미를 누리려면 세상 속으로 침투는 하지 못해도 그것을 이해는 해야 먹고 살 수 있게 허락된 곳이 다 보니 시대가 흘러가는데 가만히 서있는 것은 내일을 보장할 수 없게 만든다. 물론 한 번의 입사로 오랜 시간을 견딜 수 있는 럭키 티켓을 얻을 수도 있겠지만, 변하지 않았던 주변 사람들은 어느 순간 잘 보이지 않는다. 그들은 과거 속에 행복을 이야기하지만, 함께 나눌 수 있는 회사 사람들은 더 이상 없었다.

　당연히 새로움의 결과를 만드는 일은 피곤하다. 특히 회사에서 다른 값을 도출하는 과정은 비난의 세계를 마음껏 누릴 수 있게 해준다. 말이 쉽지 큰 용기가 필요한 일이지만, 미리 겁먹을 필요도, 시뮬레이션할 필요도 없다. 어차피 내가 원하는 대로 되기도 어렵다.

　변화하겠다는 마음과 평소에 꾸준히 경제흐름에 관심을 가지고 트렌드를 읽고 있다면, 어느 분야에 있던 모든 생각은 자연스러워질 것이라고 생각한다.

　그렇게 몇 달만 지나 봐라. 뭐가 돼도 되어있을 것이다.

{ 번아웃 }

미팅과 전화 사이에 하루가 빠르게 흘러간다. 오늘은 의도하지 않은 사건들도 같이 터져주는 덕분에 저녁도 잊은 채 밤이 되어 버렸다. 지하철을 타니 불판에 가득 올린 삼겹살과 볶음 김치에 한잔한 사람들의 숨 냄새 속에 들어와 있다. 나는 지쳐서 지하 동굴 속으로 들어가고 싶은데, 저녁 시간을 마친 사람들의 텐션은 높아져 간다. 집에 오는 길에 편의점에 들러 맥주를 사서 가방에 찔러 넣고 터벅터벅 들어오니 남편과 아들은 이미 자고 있다. 혹시나 잠에서 깰까 방문 손잡이를 아래로 비틀며 조심스럽게 닫고, 김 한 개를 꺼내서 맥주캔 뚜껑을 당긴다. '착' 하는 소리와 함께 방안은 2막으로 변경된다.

지끈지끈한 머리를 안고 오니 티브이도 핸드폰도 보기 싫다. 책상 앞에 누워있는 종합장과 연필을 잡아 이것저것 끄적이고 그려본다. 나에게 어떤 것도 완성하라는 사람도 없고, 시간 제한도 없다. 하다가 그만해도 좋고, 어떤 형태가 나오지 않아도 좋다.

음악을 들으며 맥주 한잔하고 있으니 방구석 거울에 내 모습이 짠하다. 이런 모습을 보려고 회사생활을 달려온 것은 아닌 것 같은데 오늘따라 참 낯설다. 쌓여 있는 일을 생각하면 서둘러 자야 하는데, 긴장이 풀린 이 순간을 더 즐기고 싶다. 내일은 내일 어떻게 되겠지 하고 미뤄 놓아 본다.

멍하게 있으니 감정은 더욱 솔직하게 올라온다. 긴 직선의 위에 내가 올라가 있다. 사방에 방어막이 없는 느낌이다. 이유가 없는 눈물이 난다. 뭔가 나에게 시원하게 답하지 못한 것들이 쌓여 있는 것 같다. 제대로 대답을 해줄 수 없어서 눈물이 멈추지 않는다. 생각이 깊어질수록 감내해야 할 것들이 생각난다. 단단하고 싶어질수록 마음의 벽은 얇아져만 간다. 잘 안되고 있는데 다 잘될 것이라고 생각하니 수렁에 빠지는 것만 같다.

본질이 보이지 않으면 이제 그곳을 나와야 한다는 것을 알지만 실천은 늘 어렵다. 감내하고 해 낼 수 있어 보이지만 그 결정의 깊이가 두꺼울수록 외롭고 힘이 든다. 자책을 반복하며 빠져나올 수 없는 늪처럼 느껴지고, 무엇보다도 진심이 통하지 않는 다면 그곳을 나오자.

지금 그곳이 인생의 전부인 것 같지만, 세상에는 생각보다 많은 옵션이 있다. 지금 돌아보니 그것은 번아웃이었다.

{ 이해해 보기 }

출근버스에서 중년 아저씨의 기계적인 핸드폰 음이 크게 울려 퍼진다. 대부분 사람들은 신경 쓰지 않았지만, 어떤 청년이 의자를 주먹으로 쿵쿵 내려치며 매너 모드로 바꾸라고 소리친다. 심장이 움츠러든다.

세상에 돌발행동을 하는 사람들이 많다 보니 큰소리가 나면 나도 모르게 무서워진다. 이어폰을 끼고 노래에 집중하려고 하지만 청년이 또 화를 낼까 무섭다.

몇 정거장을 지나고 멍하게 창문을 바라보고 있으니 아까 화를 냈던 청년에 대해 다른 방향으로 생각하게 된다. '강압적인 부모님

밑에서 자랐을까, 인생에서 힘든 일이 지금 찾아왔을까, 여자친구와 헤어졌을까?'

나이가 들면서 좋은 점은 뾰족한 경험들이 자연스럽게 둥글어짐을 느낄 때이다. 회사는 다양한 모양의 경험을 가진 사람들이 요청받은 블록의 형태를 띠고 일을 하는 공간이다. 매일 만나는 사람들 속에도 많은 일이 일어나지만, 대체로 한 곳에서 큰 사건 사고 없이 동일한 시간을 공유한다. 평정을 위해 서로 노력하고 있는 매일이 감사하게 느껴진다. 조금은 불편한 하루가 되더라도 큰일이 아닌 다음에는 그냥 이해 해 본다. 그러면 나도 편안해진다. 그러고 보면 나도 꽤나 변했다. 회사에 있다 보면 별거 아닌 말이라도 기분에 따라 내 감정이 요동치기도 한다. 내일 생각해보면 오늘의 일이 아무것도 아닐 수도 있는데 말이다. 그냥 우리는 일과 시간을 공유하는 공동체로 서로 예의를 지키려고 노력할 뿐이다. 그 이상을 생각하는 것은 감정낭비일지도 모른다.

의견충돌이 생겨 큰 소리가 나더라도 결국 적당히 평평해진 상태에서 결과를 함께 도출해서 성과를 내면 되는 것이다.

우리가 회사에 모인 이유는 그것이다.

{ 감정 표현하며 사는 것 }

자신의 감정을 표현하는 것도 용기라는 생각이 든다. 화가 난다고 모든 것을 쏟아붓는 것이 아닌, 자신의 감정을 적당히 정리해서 표현하는 모습은 꽤나 유연한 마케터스럽다.

어른처럼 살아가라고 강요받은 적도 없는 우리는, 언제부터인가 현재의 감정을 표현하는 것이 어른답지 못하다는 이유로 감정을 처리하는 것이 더욱 미숙해져 간다. 어떤 이들은 쌓여버린 감정들을 제때 처리하지 못해 뚜껑이 날아가 듯 폭발하고, 무작위 상대에게 폭언을 퍼붓는 모습까지 보이게 된다.

매일 만나는 회사라는 사회에서 그 모습을 바라본다. 가족은 그들이 안전하지 못한 상태임을 알고 있을까?

그들의 감정 때문에 많은 이들이 위험에 노출되게 된다. 그리고 마음은 의도하지 않게 전염이 된다. 회사에서 이들과 가족보다 많은 시간을 보내야 하는 경우는 매우 괴롭다.

나이가 먹었다고 모두 어른이 되는 것은 아니다. 머리만 굵어져 남의 이야기를 받아들일 마음의 창고조차 없는 사람은 고립을 파고 들어가는 것이다. 문제는 고립자는 고립된 것을 모르기 때문에 늦기 전에 나를 볼 수 있는 거울을 마련해야 한다.

마음을 바닥까지 끌어올려 울어도 좋고, 글을 써도 좋다.

평생 같이 살아야 할 자신에게 대화를 걸어보자.

나의 마음은 지금 안전한지.

{ 일을 잘 한다는 것 }

　회사에 있다 보면 똑똑한 사람들이 세상에 참 많음을 느낀다. 이직을 할 때마다 또 놀라고 놀란다.

　다양한 지식이 필요한 집단에서 전문가들은 매년 업그레이드해서 나타난다. 그런데 신기하게도 위로 올라갈수록 스마트 함보다는 추진력과 감각적이라는 단어가 어울리는 리더들이 밀집되어 있다.

　임원들과 식사자리가 생기면 대화 중에 성향이 묻어 나오는데 대체적으로 느끼는 공통점이 있다. 일을 잘한다는 것은 특정한 것에 전문성을 가지는 것 보다 뛰어난 사람들의 도움을 받을 줄 알고 결과의 점들을 감각적으로 연결해 가는 힘이 있다. 다양한 호기심이 체인이 되어 다른 것들을 자연스럽게 끌어당긴다. 당장 이익이 나지 않아도 시간 낭비나 손실이라고 생각하지 않는다. 모르는 것을 부끄러워하지 않고 투명하고 당당하게 이야기한다. 도움으로 만들어 낸 작은 것들도 언젠가는 어디서든 만날 수 있을 것이라고 생각하며 감각의 파일 속에 저장해 놓는다. 그것들을 꺼내 놓아 한 곳으로 묶어 놓을 때 감탄에 소름이 끼친다. 편집이 기가 막힌다. 평소에 관심을 가지고 많이 읽고 생각하지 않으면 하지 못 할 일이다.

이러한 리더와 함께 일을 한다는 것도 참 멋진 일이지만, 기회가 없다면 책에서 만난 많은 리더들을 보면서 감탄하는 것도 좋다.

그리고 가장 좋은 일은 내가 그런 사람이 되는 것이다.

{ 권력 앞에 선 모습 }

권력이라는 감투가 주어지면 대단하다고 느꼈던 사람들과 대등한 관계인 것 같은 자신감이 시작된다. 마음을 누르고 눌러도 부풀어만 간다. 하지만 현실은 마음과 같지 않게 건조하게 다가온다.

스마트하고 자기주장을 숨김없이 펼치는 팀원들 사이에 나 자신만이 알 수 있는 미숙함과 부족함을 들킬까 두렵다.

기회가 있을 때 강하게 의견을 말하거나, 반발에 총대를 메거나, 큰소리를 내면 그 모습을 감추기에 괜찮은 방법이 아닐까 생각도 해봤다. 문제는 이 사이에서 큰 갈등이 일어나고 그것을 해결하는 과정에서 누군가는 상처를 받는다.

어릴 적부터 무엇을 쟁취하는 것보다 양보하는 것이 마음이 편했다. 회사생활을 하며 성격도 많이 변했지만 보상을 앞세워 큰소리치면서 규범을 무시하고 선동자가 되어 승승장구하는 사람들의 눈치를 보게 되고, 옳지 않을 일인 것을 알지만 따라가게 되는 상황은 아직도 좋아하지 않는다.

꼭 권력이라는 것을 그렇게 사용해야만 할까? 회사생활과 사회의 원칙은 불공평이다. 화가 나지만 인정할 수밖에 없고 갈등도 조직의 필수요건 아니겠는가. 내가 피한다고 해결될 일이 아니라는 것이다.

내가 성취한 일 사이에 내가 나타내지 않으면 그 숫자에는 아무도 관심이 없고, 힘든 순간이 왔을 때 나의 팀원들이 결국 피해를 보게 되어 있다.

성격을 바꿀 필요는 없다. 다만 용기를 좀 내야 한다. 실력으로 성과를 냈다면 그리고 그에 상응하는 이벤트가 있었다면, 타이밍을 놓치지 말고 어필해야 한다. 내 목소리를 내지 않으면 권력을 마음대로 휘두르는 사람들이 만든 틀에 끌려다닐 수도 있다.

{ 패션인 }

염색공장에 들러 진행사항을 체크해 볼 예정이다. 차와 소가 공존하며 살아가는 캄보디아 출장길은 일을 벗어나 여행 같은 기분을 느끼게 해 준다. 방목하는 소들은 줄을 맞춰 다니며 나름의 체계가 있어 보였다.

농경사회가 주인 이곳에서 소는 살림에 큰 보탬이 되는 중요한 존재일 것이다. 하지만 아직은 열악한 규제 속에 소떼들이 염색공장 뒤편에서 배출된 물을 마시고 있는 모습은 충격으로 다가왔다. 그 후에도 여러 나라에 출장을 다니며 옷을 만드는 과정이 얼마나 불편한 문제를 초래하는지 수없이 봐왔다.

저렴한 곳을 찾아 만들어내고, 판매를 준비하는 것이 나의 일이지만, 환경과 맞바꿔야 하는 생산 시스템은 수시로 죄책감으로 다가온다.

소비자는 늘 새롭고 더욱 다양한 것들을 원한다. 담당자는 손끝에 숫자를 줄이기 위해 전 세계의 저렴한 곳을 찾아다닌다. 염색물에 삶아 대고, 단 시간에 노동력을 뽑아내고, 다양한 것들을 끊임없이 탄생시키고 스토리를 만들고 그런 과정 속에서 살아간다.

경쟁은 살벌하고 매년 옷은 넘쳐난다. 모든 상황을 알면서도 색다른 옷을 뒤적이고, 매일 아침 무엇을 입고 출근할까 고민하는 나를 보면서 머릿속과 행동이 겉돌고 있음에 한숨이 나온다.

잡초를 갈아 만든 색, 흙을 분해해 만든 직물, 폐자재를 이용한 액세서리들 그리고 언제든 스타일이 변형 가능한 특수 직물이 나온다면 이 시장은 전혀 다르게 변할까?

트렌드를 바꾸는 대신, 소비자의 마음을 바꿀 수 일을 할 수 있을까? 자신에게 되묻고 싶어진다.

성공하는 것 그리고 실패하는 것이 한번뿐인 인생에 그렇게 중요할까 싶다. 그냥 해보는 게 가장 나다울지도 모른다.

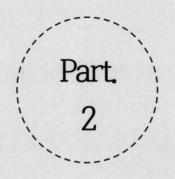

Part.
2

엉뚱함이 인생의 반

{ 안양 할머니 }

안양 할머니는 안양에 사시는 우리 외할머니의 동생이다. 보험 일을 하셨는데, 초등학교 때는 매달 일정한 날에 보험료를 받으러 우리 집에 오셨다. 돈을 받고 수첩에 표시를 한 후에 커피알 한 스 푼에 물을 타서 후룩 마신 다음, 담배에 립스틱을 묻혀가며 진하게 한대 피우시는 게 그녀의 코스였다. 자글자글한 눈매 위에 섞이지 못한 아이쉐도우와 함께 날카로운 말투를 던진다.

"마음이 여리고 눈물이 많아서 어디다 쓰냐!"

심지어 우리 엄마에게 저렇게 우는 애를 어떻게 키우냐고 표독하게 뱉어냈다. 나에게 안양할머니는 스크루지의 여성 판 같았다.

어릴 적이라 기억은 흐릿하지만, 어느 날은 안양할머니네 가서 하룻밤 자고 온 날이 있었다. 아마도 무슨 잔치였던 것 같다. 좁은 마당에서 어른들은 술을 마시며 춤을 추고 있었고, 나와 동생은 너무 졸려서 빈방에 들어가서 놓여있는 이불을 깔고 누웠다. 천장을 바라보니 너무 낯설고 무서워 잠이 오지 않았다. 어찌 잠은 들었지만 불편한 기분은 아침까지 이어졌다. 아무 일도 일어나지 않은 날이지만 하룻밤의 기억은 강하게 남아서, 어떤 낯선 기운이 나에게 갑자기 느껴질 때, 나는 그 감정을 '안양할머니네'로 이름 지었다.

살면서 그런 기분들은 수시로 찾아왔고, 그것을 안양할머니네라고 명칭을 지어주니 감정이 정리되고 차분해졌다. 갑자기 숨이 안 쉬어지고 답답한 기분은 공황장애라고 명명해 주는 것처럼 말이다.

나의 상태를 정의 내린다는 것이 좀 이상하지만 이름을 붙여주고 감정의 파일 관리를 해주는 것만으로도 괜찮은 방법인 것 같다.

{ 3개월 친구 장수풍뎅이 }

아이가 학교에서 가져온 애벌레를 3주 동안 지켜보니 성충이 되어 나타난 장수풍뎅이가 너무 신비로워서 눈을 뗄 수가 없었다.

혼자 지내는 것이 걱정이 되어 암컷 친구 한 마리를 사서 좋은 집을 마련해 주고, 갑자기 날아오를까 봐 공포에 떨면서도 격주로 톱밥도 갈아주었다. 그렇게 매일 출퇴근길에 안녕을 말하며 안부를 확인하는 게 꽤나 즐거웠고 먹이젤리를 순식간에 먹어 치우는 먹성도 흐뭇했다.

어느 날부터는 짝짓기를 하는 건지 싸우는건지 모르겠지만 친구를 너무 괴롭히고 혼자 먹이를 먹으려고 밀치기 시작했다. 그렇게 성충이 되고 두 달이 좀 넘었을 때쯤, 암컷이 다리랑 머리가 잘려

죽어있는 것을 발견하고 엄청난 충격을 받았다. 우리 집에 처음 왔을 때 그렇게 반갑던 수컷의 소행인 것 같아 미운마음에 젓가락으로 꾹꾹 찌르며 혼도 내고 톱밥도 한동안 갈아주지 않았다. 그저 곤충이란 잔인하기 나한 생명체라며 한숨을 쉬었다.

남편이 지나가는 말로 장수풍뎅이는 3~4개월밖에 못 산다라고 하는 말을 듣고 나니, 얼마 남지 않은 인생을 플라스틱통에서 보내게 하는 게 갑자기 미안해졌다. 용기를 내어 채집통에 담고, 사람이 없는 탄천 숲길로 들어가 나무 위에 살포시 얹어주었다.

나는 그 친구가 한 번도 날아다니는 것을 본 적이 없는데, 조금 기어가다가 훨훨 날아갔다. 곤충일 뿐이지만 나는 그때 행복해하는 그 친구의 표정을 마음속으로 느꼈다. 그리고 그 자리에서 채집통을 펼친 채로 한동안 멍하게 있었다. 자연이 나의 머릿속으로 노크를 했다.

장수풍뎅이는 수명이 다하면 기력이 떨어지면서 몸이 분해되어 죽는다는 걸 미리 알지도 못한 채 너를 원망한 어리석은 인간. 바쁘다고 머리 복잡하다고 그 사람에 대해서 잘 알지도 못하면서 몇 마디 말과 겉모습으로 사람을 평가하기도 했던 지난 나의 모습이 스쳐갔다. 나에게 이렇게 깨달음을 주기 위해 이 친구를 우리 집에 보내줬을지도 모르겠다.

'아직 많이 부족하지만, 겸손하고 진중한 인간이 돼볼게.'

{ 미국산 오징어 }

얼마 전에 마트에서 장을 보다 보니 미국산 오징어가 국산의 1/5 가격으로 판매되고 있었다. 예전처럼 잘 잡히지 않는 국내산 오징어의 수요를 따라가기에 판매가격이 너무 비싸졌기 때문에 미국산이 등장한 것 같다.

요즘 같은 고물가에 매력적인 가격이라면 바로 장바구니에 집어넣었을 테지만, 구입하는데 고민의 시간이 꽤나 걸렸다. 미국산 소고기, 미국산 오렌지 등등 미국산은 우리 생활 속에 깊이 들어와 있다. 하지만 구매하는데 망설이게 된 이유는, 미국에서 낚시할 때 들

르던 낚시마트에서 가장 많이 팔리는 미끼였고, 그 이상의 가치가 없었던 기억 때문이였다. 심지어 어떤 수족관에는 오징어가 전시되어 있기도 했다.

왠지 미국에서 미끼로 파는 것을 가지고 오징어볶음을 만들어 식탁에 올린다고 생각하니 이상하게 느껴졌다. 오징어는 그냥 같은 오징어인데, 미국에서 그것을 미끼로 생각하느냐 한국에서 요리로 생각하느냐의 차이일 뿐인데 말이다.

내가 하는 일도 어제와 똑같은데 하찮은 일을 또 반복해서 하고 있다고 생각하면 요리가 되지 못하고 그냥 미끼에서 끝이난다.

오징어가 미국에서 태어날지 한국에서 태어날지 정할 수는 없지만, 그 미끼가 될지도 모르는 재료를 잘 손질해서 고추장 양념에 맛있게 볶으면, 같은 환경 속에서도 발전하고 달라질 수 있지 않을까 하는 엉뚱한 생각을 해본다.

쉽지 않다는 것 알지만, 나에게 외우는 주문이 다른 곳을 꿈꾸게 해 줄지도 모른다. 일단 지금 생겨먹은 환경에 불평하지 말고 한 팩 집어와서 내 인생을 맛있게 만들어보자.

{ 할아버지의 유언 }

　할아버지는 어서 차에 타라고 하시며, 달리는 차의 창문에 고개를 내밀며 힘껏 소리를 질렀다. 그리고 나와 엄마를 태우고 가파른 언덕길을 거칠게 올라갔다. 놀란 나는 뒤 따라오는 차가 없는지 두리번거리다가 달리는 차의 문을 밀쳐냈다. 그렇게 식은땀을 흘리며 꿈에서 깼다. 할아버지가 돌아가신지 3년만이다.

　연년생인 나와 동생은 어릴적 년수를 번갈아가며 시골 할아버지 네서 유치원을 다녔다. 빨간머리앤의 매튜 같이 선하고 마음이 따뜻한 할아버지는 어린 나와 산책을 하며 많은 이야기를 나눴다.

할아버지의 어린시절, 전쟁 그리고 부모님과 형제들 이야기, 소설과 같은 일들을 듣고 있으면 이야기 속으로 들어가 있었다. 장남으로 농사일을 하며 동생들을 굶지 않으려고 평생 허리를 굽혀온 할아버지에게 남겨진 깊은 주름은 세월을 녹이기게 충분했다.

부잣집 할머니를 만나 평생 눌려 사신 할아버지는 할머니의 잔소리가 시작되면 보청기의 전원을 돌려 끄시며 나에게 미소를 보내셨다. 항상 유머와 풍류가 넘치는 할아버지는 노인대학에서 글도 쓰고 노래도 부르시며 사람들과 어울리는 것을 즐기셨지만, 일요일만 되면 할머니의 잔소리에 못 이겨 교회를 가셨다. 그렇게 의미없이 지나간 주말이 이십년은 넘으신 것 같다.

어느 날 할아버지와 나는 바람이 살랑살랑거리는 팽나무 숲에 앉았다.

"나는 교회 가기가 싫어. 목사님의 말이 앞뒤가 맞지 않으니 이해가 되지 않아. 그 시간에 밭에 한번 더 가보는게 좋은데."

할아버지는 바람을 타고 진심을 말하셨다. 그러나 할머니에게는 끝내 말하지 못하셨는지, 장례식은 그렇게 교회식으로 치뤄졌다.

그리고 이상하게도 발인날에 곱게 옮긴 비석은 금이 갔다.

할아버지가 돌아가신 것도 슬프지만, 돌아가시는 그 마지막까지 자신의 뜻대로 되지 않는 모든 과정을 지켜보는게 더 힘들었다. 말을 하지 않으면 아무도 모르는 것이다. 마음을 말로 전달하지 않으면 마지막까지 내가 없을 수도 있다. 할아버지는 엄마와 나를 차에 태우고 무슨 말을 하고 싶으셨던 것일까.

{ 인생에서 행운이라는 것이 있을까? }

행운이 머릿속에 스쳐 간 적은 있지만 실제로 내가 움켜쥔 적이 있을까 생각해 보니, 로또 오천원 당첨이 다인 것 같다.

살아볼수록 세상은 내가 밟아가며 채워놓은 굴레의 바퀴수만큼 돌아가고, 그 이상의 보상을 원할 때는 무언가를 포기해야 하는 수평적 시스템인 것을 점점 느낀다. 노력하지 않은 대가를 얻은 적도 없지만, 있었다면 아마도 빼기가 시작된 순간이었을 것이다.

뭔가 잘 되는가 싶다가도 고지가 보이면 항상 부러지기 마련이고, 이렇게만 흘러간다면 행복할 것 같다가도 파도에 휩쓸려 세상에 어떻게 돌아가는지도 모를 지경으로 망가진다.

누군가 말했듯이 우주에서 죄를 지어 지구에 벌을 받으러 온 것처럼, 우리는 돈이 없으면 살 수도 없고 부자와 행복이라는 좋은 감옥으로 옮겨가기를 바라는 작은 생물의 존재일지도 모른다.

작은 생물끼리 시기와 질투를 배경으로 대기업과 중소기업을 가르고, 집은 샀냐 취업은 했냐 결혼은 했냐 자식은 몇 명 낳을 것이냐, 같은 패턴의 질문 또한 감옥 속의 감옥으로 만든다.

이런 문제들로 작은 생물체들의 세상살이의 과정은 생각보다 단순하지가 않다. 뭔가 이루어질 만하면 많은 요소들이 나를 흔들어 혼란에 빠트리려 준비한다. 그것을 버텨야만 그다음 단계로 갈 수 있다.

세찬 비바람에 끌려가면 나는 몇 년 동안 그 구렁에서 나오기가 어렵다. 겨우 구렁에 나와서도 제삼자 관찰자 시점으로 나를 바라보는 것은 또 몇 년 뒤가 된다. 그렇게 찰나는 몇 십 년이 되어서 서서히 우리를 초라하게 만든다. 멋있게 차려입고 환호받으며 입사한 회사에서 흰머리 동네 아저씨와 아줌마가 되어 조용히 책상을 치우고 나간다.

지구별에서 우리는 먼지에서 먼지로 그렇게 다른 값으로 이동한다. 모두 소중한 먼지이지만 작은 것을 가지고 집착하지 말고 전체를 볼 필요가 있다.

어차피 내가 굴린 굴레의 바퀴만큼이다. 더 탐내지 말자. 갑작스러운 부나 행운이 찾아온다면 나는 다른 것을 내어줄 준비를 해야 할 것이다.

사람들은 각자의 흔적을 남기기 위해 달리고 밀치며 하루하루 숨 가쁘게 살아간다. 바쁘게 살고 있다는 것을, 내가 뒤처지지 않게 노력하고 있다는 것을 수시로 보여준다.

하지만 생각해봐야 한다. 내가 정말 원하는 것이 돈일까. 행복하고 싶다면 과연 나에게 필요한 것은 무엇일까.

곰곰이 생각해 보니 나는 그렇게 돈이 많이 필요 없는 사람일지도 모른다. 내가 일하고 있는 분야에서 점이라도 남길 수 있는 사람이 된다면 참 가치 있는 삶이지 않을까 생각한다. 그것이 내가 원하는 길인 듯하다. 때로는 진실로 가는 길이 고통스럽지만 그것을 목표로 한다면 말이다. 내가 끝까지 못 이루더라도 시작을 해놓는다면 다음 릴레이 바통을 넘겨주는것 만으로도 행복할 것 같다.

{ 죽은 자와의 경쟁 }

편의점에서 물건을 고르며 귀를 기울여보니 오래전에 사고로 하늘나라로 간 가수의 목소리가 들린다. 그 그룹의 음악을 좋아해서 노래를 거의 알고 있는데 처음 드는 노래다. 집에 와서 찾아보니 AI로 그의 목소리를 입혀 신곡을 발표했다. 영화도 죽은 자를 주인공으로 준비하고 있는 것이 있다고 하니 좀 무서워졌다.

사람들이 노래를 듣고 영화를 보는 시간은 더 이상 늘릴 수 없고, 정해진 일감을 가지고 죽은 자와 경쟁해야 하는 많은 엔터테이너들은 난생처음 겪어보는 시장과의 싸움을 준비해야 할 수도 있다는 생각이 들었다. AI 연예인들은 지치지 않고 번아웃도 스캔들도 없다. 언제나 웃으면서 팬들과 만날 수도 있다. 내가 소속사대표라면 부정적인 생각이 들까?

조만간 죽은 자와 대담도 가능해질 것이라고 한다. 그들이 남긴 SNS 데이터, 저서, 언론 인터뷰등 살아 있을 때 남긴 흔적들로 그들의 삶을 습득한 AI와, 현재 살고 있는 우리와의 대화는 정말인지 멀지 않아 보인다.

AI기술들은 다양한 창작 활동 속을 파고 들어간다. 피카소, 고갱, 모네의 스타일로 그려진 새로운 그림은 멋들어지게 만들어져서 집으로 배송될 것이다. 과학의 연구로 탄생된 AI세상, 그 안은 생각한 것 이상의 속도로 발전하고 있다. 트렌드도 자본도 우리가 원하던 원하지 않던 이곳으로 흐르고 있는 것은 분명하다. 인간의 세계, 자본주의 사회에서는 당연한 이치이다.

그렇지만 나의 생각은 충격으로 흘러간다. 어떤 사람은 죽은 나를 부활 시켜 상업화하지 않기를 바랄 수 있다.

죽은 나의 인격은 유가족이 지켜줘야 하는가?

유가족도 죽었을 때 나의 소유권은 누구인가?

나의 소유권이 누구에게 귀속되는 걸 나는 과연 원했는가?

인간은 살아있을 때, 가장 아름답다는 생각을 한다. 그때의 추억으로 그 순간을 회상하는 그 시간이 가장 아름답다. 새로운 추억으로 아름다운 날을 입히고 싶지 않다. 곧 윤리적인 접근에서 AI 관련 법이 나오겠지만, 죽은 자와의 경쟁은 피할 수 없어보인다.

{ 종이신문 }

요즘 세상은 심심할 틈을 주지 않는다. 가만히 앉아 있으면 주머니 속 핸드폰이 내 손으로 다가온다. 눈을 즐겁게 해 주고 생각하지 않아도 되는 도파민을 지속적으로 선사한다. 알고리즘이 나를 끌어주니 주체성이라는 것은 여기에 없다. 자동으로 이어지는 세계로 점점 깊숙이 들어간다. 다양성을 제공하는 정보의 홍수 같지만, 점점 편향적인 정보 속으로 빠져드는 것을 인지할 수 없게 만든다.

웹으로 기사를 접하다 보면 더욱더 정보의 꼰대가 되어버린다. 출퇴근길에 종이신문을 보는 것은 불편하고 눈치가 보이는 일이다. 신문을 펼치고 말아 넣을 수 있는 정도의 밀도를 찾기 위해, 남들에게 피해를 주지 않기 위해, 좀 일찍 일어나더라도 쾌적한 노선으로 돌아간다.

지극히 개인적인 취향이지만 종이신문을 꾸준히 보는 이유는 순서대로 읽어나가면 내가 읽고 싶은 것만 읽을 수는 없는 불편함이 좋기 때문이다. 물론 신문들도 정치색이 있어서 가끔은 얼굴이 찌푸려지고 피곤한 기사들도 있지만, 평등하게 놓인 정보 안에서 적당한 깊이만 정하여 취하면 되는 것이다. 그 행동을 반복하면서 조금은 편견 없이 정보를 이해하는 마음이 생기는 듯하다.

세상살이가 흘러가는 것을 다 받아들일 필요는 없지만, 흐름을 이해하는 것만으로도 살아갈 만하다는 생각이 든다. 이런 마음은 인생에 대한 피로를 점점 낮춰준다.

{ 재능 찾기는 그만할까 한다 }

요즘 여기저기서 "잘하는 것을 찾아보자!", "잘하는 것으로 일해야 많은 돈이 따라온다!" 등등 재능 찾기 경쟁이 과도해 보인다. 사람은 누구나 잘하는 것을 가지고 태어났고, 그 재능을 가지고 일하는 것이 가장 행복하다는 것은 나도 안다. 그러나 그게 어디 쉬운가?

학교 다닐 때는 시험성적 따라가려고 공부하고, 졸업하니 취업하여 적응하기가 바쁘고, 결혼하고 아이 낳고 돈 벌어 집 한칸 마련해본다고 피땀 나고, 그러다 세월이 간다. 차분히 앉아서 자신을 돌아보고 재능을 마주한 사람이 얼마나 될까 싶다.

무에서 유를 창조하기 어렵고 땅에 떨어진 재료라도 있어야 뭐라도 할 수 있는 나는 생각을 전환해 본다. 살면서 가장 부족한 부분에 나의 재능이 숨겨져 있을지도 모른다고 말이다.

어렸을 때부터 사람인가 아메바인가 싶을 정도로 건망증이 심했다. 초등학교 때는 엄마가 심부름을 세 개 이상 시키면 잊어버리지 않기 위해 노래로 만들어 부르고 가다가 지나가던 친구와 "안녕!" 인사한 후에는 집으로 공중전화를 돌려야 했다. 이러니 당연히 학교 준비물 때문에 고생한 건 다 말하기도 입이 아플 정도다. 학교 가다 두 번 정도 다시 집으로 들어오면 엄마가 그냥 문을 열어두셨다. 그렇게 난리를 치고서도 학교를 가보면 실내화 주머니, 스케치북, 물감, 심지어 도시락 등 꼭 뭐가 없다. 하루하루 살아내기 위해 친구들에게 부탁하고 빌리는 방법을 택할 수밖에 없었다. 그렇게 살다 보니 말도 친근하게 하게 되고, 기억이 안나면 그냥 웃으며 사과하게 되고, 유머 가득한 농담을 건네고 나면 물건을 하나 턱 하니 빌리게 되고 그렇게 살아냈다. 도시락을 잊어버리고 안 가져올 것을 대비하여 사물함에 친구들과 비벼먹을 수 있는 대형양푼과 고추장 한 팩을 넣어두었다. 이렇게 나는 한 끼를 은근슬쩍 때운다. 그러다 보니 친구들이 늘 주변에 있었고 그때는 그게 즐거웠다. 그렇게 시작된 나의 서바이벌 인생은 임기응변과 사교성을 만들어주었다. 지금 돌이켜보니 참 엉망진창 추억이지만 살면서 나쁜 경험은 아닌듯하다.

회사에 있으면 크고 작은 사고건이 매일 생긴다. 그때마다 당황하지 않으려 최대한 노력한다. 중요한 프레젠테이션의 포인트를 설명 할 때는 사람 냄새나게 진행하려고 해 본다. 그러다 보니 웃음으로 마무리되고 의도치 않게 좋은 성과를 낸 적도 상당히 있었다.

한때는 바보 같은 습성이라고 생각했지만, 그냥 두려움 앞을 처벅처벅 걸어 나가면 기적의 포인트를 적립해 준다고 생각하니 마음이 편했다.

이제 재능 찾기에 스트레스를 받지 않으니, 부족한 것을 통해 무엇이 변화 되었는지 찾아보는 게 즐겁다. 남들 하는 대로 꼭 할 필요도 없고 그것이 나에게는 더 어려운 길일지도 모른다.

인풋을 넣었는데 그만큼 아웃풋이 안 나오면 몸으로 흡수되었으니 그것도 좋은 일이 아닐까 위로해 본다.

{ 외삼촌의 마지막 }

눈에서 말없는 눈물이 떨어진다. 그는 맑은 눈으로 나를 바라보
며 손가락을 힘겹게 움직였다. 설명하기 어려운 마음의 세포들이
움직인다. 왠지 그날이 마지막 일 것 만 같았다. 그렇게 외삼촌과
만남이 얼마 지나지 않아 그는 별이 되었다.

파킨슨병은 뇌가 퇴화되고 신경세포가 서서히 소실되어 가는 질
환이다. 삼촌은 내가 고등학교를 졸업할 무렵쯤, 꿈에서 계속 괴한
들이 나와 발차기를 하는 잠꼬대를 시작으로 뭔가 몸이 이상하다
고 느꼈다고 했다. 그러고 얼마 후에는 달려가면 넘어지는 일이 생

퇴근 후에는 건방지게 살고 싶습니다

기고, 점점 걷기가 힘들어지고, 거동을 못하는 그 시기까지 그렇게 십 년이 흘러갔다. 그 시간 동안 병이라는 것은 서서히 죽어간다는 의미를 떠나 세상 사람들 틈에서 점점 멀어지는 작별의 인사와 같았다. 질병은 정신을 퇴화시켜 가지만 감정은 더욱 강하게 살아남고, 육신은 병들어 가지만 정신이 다른 차원으로 이동하는 과정을 우리가 단지 이해 못 하고 있는 것일 수도 있다. 세상과 단절되는 동안 저항할 힘이 없으니 외롭고 침울했을 것이다.

아프기 전의 행복한 추억은 그에게 얼마 남지 않은 고통을 견디기에 충분했을까, 말하지 못하는 순간이 됐을 때 하고 싶은 말을 전하지 못해 얼마나 힘들었을까. 그리고 우리는 다른 차원으로 이동하고 있는 그 의미를 얼마나 헤아릴 수 있을까.

모든 것들이 나의 상상일 뿐, 질병 속에 갇혀 있었던 그의 언어를 이해할 수 없기 때문에 여전히 병이 두렵다.

인간이 120살의 삶을 살게 될 날이 얼마 안 남았다는 기사를 접할 때마다, 얼마나 긴긴 인생을 감내하고 견디며 살아야 하나 싶다가도 그 긴 세월 동안 서로를 의지하며 정을 나누는 가족 간의 마음은 점점 깊어지고 끈의 두께는 단단해질지도 모른다고 생각하니 슬퍼진다.

Part.
3

쓸모 있는 건방진 생각

{ 파티의 선택 }

때로는 재능의 창조보다는 선택의 지혜가 훨씬 중요하다. 직업은 재능에 의해 정해지는 듯 하지만 현실적으로는 불가능에 가깝다.

길을 걷다가 갑자기 선택지가 깔리고 갈림길이 나타났을 때 선택을 하는 과정의 반복이 지금의 내가 하는 일, 그리고 내가 될 가능성이 높다. 결혼 또한 인생의 많은 부분을 차지하고 선택에 따라 인생길이 달라진다. 그래서 언제 다가올지 모르는 선택의 순간이 오면 총명하고 신중해야 한다. 중요한 순간에 머리가 복잡하다거나 신체적으로 정신적으로 지쳐 있다면 나는 아무거나 고르고 누워있을 것이다. 그게 얼마나 끔찍한 길로 인도하는지도 모르는 채 말이다. 선택지 앞에서 돈을 흔들며 자랑하는 사람, 지름길을 안내해 주겠다며 통행료를 요구하는 사람, 기분 좋은 향수를 뿌리며 나타나는 사람들이 말하는 알 수 없는 파티의 초대를 특히 조심해야 한다. 세상에 아무것도 바라지 않으면서 근사한 파티에 초대해 주는 사람은 없다. 레벨 차이가 크다고 느껴지는 사람의 호의는 더욱 조심히 생각해봐야 한다.

나도 그런 초대를 받고 함정에 빠진 적이 있다. 파티 뒤에서 모든 것을 잃고 나오는 순간은 찰나이다. 지금 멋지게 옷을 차려입고 나가는 것도 중요하지만 발걸음을 떼기 전에 얼음물에 세수라도 하고 다시 생각해 보는 것은 어떨까?

지금 내가 파티에 가는 것이 과연 맞는 것인지.

{ 성숙하게 희로애락을 즐기는 법 }

어느 순간 시간이 흘러가는 것이 아깝다는 생각이 들었다. 이십 대에 친구들이랑 술 좀 그만 먹고 여러 가지 배워둘 것을, 삼십 대에 좀 더 치열하게 살면서 돈 좀 더 모아 둘 것을 하는 후회가 든다. 그러다가 뒤돌아 생각해 보면 주변에 많은 사람들을 만나서 다양한 경험을 할 수 있는 나의 인생도 괜찮았던 것 같기도 하다. 신나게 즐기면서 취미생활을 하지 않았다면 나에게 또 다른 재주들이 꽤 있다는 것을 알 수 있었을까도 싶다.

우리는 지하 깊숙이 어둠을 파고 들어가다가도 어느 순간 그곳을 탈출하고 싶어 안간힘을 쓰고 기어 올라가서 숲을 헤치며 뛰어가고 그렇게 알 수 없는 행동을 반복해서 산다. 설렘 사이에 고비가 찾아오고 열정은 우울한 감정을 만들어 나를 집어삼킨다. 이렇게 도돌이 행진이 계속될 때마다 지나가는 과정이라고 생각하며 버텨본다. 반복되는 실수가 불안하지만 뜻대로 된 적도 없는 인생에서 무엇인가 채워지고 있는 것만으로도 놀랄 일이다.

즐거운 마음으로 동네 카페에서 주문을 시작하자마자 따뜻한 아이스 아메리카노라고 말하며 카드를 반대로 꽂아 반복해서 긁다가 식은땀을 흘리는 직원과 눈이 마주쳤다. 아마도 나의 표정이 밝지는 못했던 것 같다. 연신 죄송하다는 말을 하고 있는 그는, 오늘이 첫날인 듯 했다.

우리는 서로의 미숙함 속에서 인생의 순간들을 공유한다. 나도 처음 차를 끌고 운전하던 날 몇 년 먹을 욕은 다 먹은 것 같다. 누군가에게는 내가 앞에 있다는것 만으로도 최악의 날이였을 수도 있다.

현재는 오롯이 현재로 이루어지지 않는다. 과거의 경험이 뒤섞이고 미래에 대한 생각으로 버무려져서 지금의 내가 된다. 지금이 별로여도 괜찮다. 오늘이 또 반복된 삶이라서 지겨워도 한번 참아 내보자. 결국 헛된 순간은 없다.

{ 바람과 그림자 }

몇 년 동안 계속 똑같은 곳을 맴돌고 있다는 생각이 들면 나에게 변화가 필요할 때가 됐다는 것이다. 하지만 변화는 용기와 현실과의 타협을 필요로 하는 일이기 때문에, 시작하는 것은 늘 망설여진다. 특히 집이나 사업같이 큰돈이 들어가는 일이라면 더욱 현실의 합리화에서 멀어지게 만들고, 망설이는 사이에 비교와 욕심으로 인해 조바심을 일으킨다. 시도하는 것들도 뜻대로 되지 않고 오히려 돈과 점점 멀어지고 있다는 느낌이 든다. 돈이 나를 무시하는 느낌이랄까? 그렇게 그 녀석은 나를 비웃으며 떠나간다.

생각보다 삶은 어두운 면도 많고 신기하게도 안 좋은 일은 한 번에 몰려온다. 자신에 대해서 충분한 생각을 해 놓지 않으면 자신보다 생각이 커져서 나를 수렁으로 빠트린다.

나 또한 그곳에서 나오지 못해 공항 상태로 빠져들기도 했다. 일어나고 싶어도 기운이 나지가 않고, 중요한 일 앞에서도 숨이 제대로 쉬어지지 않았다.

이쯤 되면 원망의 타깃이 필요하게 된다. 내가 이렇게 망가진 것에 대해서 누구 혹은 어떤 시점에 대해서 탓을 하지 않으면 견딜 수 없을 것 같기 때문이다. 부모님이 이때 이렇게만 해주었더라면, 더 똑똑하게 태어났더라면, 이런 쓸데없는 생각은 현실의 끝을 벗어나 상상의 다리를 건설하느라 난리다.

참 돌아보면 한심하다. 그 누군가는 툴툴 털고 일어나 다른 곳을 가고, 일을 해내고 즐겁게 살고 있는데 말이다. 그들을 부러워해 봤자 이런 마음 상태로는 나는 절대 갈 수 없는 길이 되어버린다

지나고 보니 가장 좋은 방법은, 내가 약한 부분은 약하다고 생각하고 그냥 앞으로 걸어가 보는 것이다. 바람이 나를 삼킬지도 모르지만 일단 바람을 등에 업고 이야기도 나누면서 그렇게 그냥 그렇게 걸어가 보는 것이다. 재능이 중요할 수도 있지만, 인생의 위기인 바람과 순식간에 어둠이 찾아오는 그림자 앞에서 일단 재능은 잊

고 걷다 보면 선택지가 나를 기다리고 있을 것이다. 선택지로 가면 예상하지 못 한 곳에서 좋은 친구들을 만나고, 수없이 고민했던 인생 길을 자연스럽게 걷고 있을 것이다. 물론 생각했던 것과 다르게 가고 있다는 후회가 들 수도 있다. 하지만 우리는 친구들을 만났고 잘 될 수 있다는 용기와 나 자신을 얻었다. 그렇게 나를 믿기 시작했을때, 재능이 나타난다. 그때 알게 된 재능은 예상치 못한 기회로 우리를 밀어준다. 그것을 느꼈다면 때로는 낯선 재능을 찾아가는 서바이벌 게임이 기대될지도 모른다. 그래서 지금이 힘들면 이렇게 생각한다.

'이번 테스트를 지나고 나면 어떤 선물을 나에게 주실 건가요?'

{ 감정의 배설 }

겉사교 안내성이라는 말은 우리 집에서 나의 성격을 말하는 단어이다. 겉으로는 사교적이고 두리뭉실한 것 같지만 가족들이 보기에는 예민하고 생각이 많은데 아닌 척한다는 이야기이다.

사실 인생에서 금전으로 손해를 본 일들은 잘 기억도 못하지만, 말 한마디와 인간관계에서 받은 상처들은 슬로 모션처럼 마음에 새겨지고 상상까지 붙여져 나를 괴롭게 만든다.

감정이 밀도 있게 쌓여 있을 때 누군가 툭 터놓고 상처를 풀어보라고 하면 한참 망설이다가 울음이 터질 기세로 이야기를 쏟아낼

지도 모르겠다.

하지만 가족들과 회사 그리고 아이를 키우면서 서러운 감정이 복합적으로 곪아 있다가 무의식 중에 터져버리는 것을 원치 않는다. 그것은 내가 표출하고 싶은 진정의 마음이 아닐 수도 있다. 나와 평생 살아갈 사람은 결국 나 자신이라는 것을 깨달은 다음부터는 갑작스러운 감정변화는 하지 않으려고 노력한다.

그리고 괴로운 상황을 혼자 잊기 위해 술로 푸는 것은 이제 그만하기로 했다. 그 대신 시간이 지난 후에 나를 이해할 수 있는 글쓰기, 그림, 음악등으로 감정을 배설을 하기로 했다. 이렇게 하지 않으면 마음의 병이 되고 깊어진 생각안에서 갇혀 감정의 페스츄리가될 것 같았다. 결과물은 우습기도 하고 놀랍기도 하여 객관적으로 나를 보게 해 주었다. 나의 다른 모습을 소설처럼 읽고 나면 이때 왜 이랬나 싶은 일도 많다.

하지만 어쩌겠는가? 그때의 나도 나이고 지금의 나도 함께 하고 있다. 역시 그때 쓰고 만들며 참아 보길 잘했다 싶은 사건이 한두개가 아니다.

{ 숏인생 }

짧은 영상을 보다 보면 이미 짧은데도 더욱 빨리 넘기고 싶고, 영상을 보면서도 더 빠르고 더 간략하게 요약해주는 것을 보고 싶어진다. 음식도 지식도 빠르게 완성 되어 나에게 다가와 줬으면 좋겠다. 흥미의 변화는 빠르게 다가오지만, 역설적이게도 나의 생활은 내일도 오늘과 같이 큰 변화가 없이 잔잔하게 지나갔으면 하는 마음이다.

인생은 꽉 찬 듯이 보이지만 항상 업데이트의 소용돌이 속에 놓여있다. 갑자기 끼어 들어오는 일이나 생각지 못했던 사건으로 인해 계획이 삐끗하면 그것을 매우기 위해 쓰는 시간은 낭비 같아서 아깝고 지친다. 평소에 생각의 근육을 키워 두지 않으면 갑자기 생긴 문제에 당황하고, 뭐든 빨리 해결하기 위해 심지없이 우왕좌왕할 뿐이다. 그렇게 내가 원하는 방향과 다른길에 놓이게 된다.

대부분의 세상 문제들은 시간이 해결해 주기는 하지만, 그 사이에 많은 에너지가 소진되고 좌절이 수시로 찾아온다. 건강, 사랑, 취업, 심지어 지식의 습득 또한 빨리한다고 되는 일이 하나 없다.

임신기간에 입덧이 너무 심해져서 일도 쉬고 있으니 세상 걱정이 다 밀려왔다. 이러다가 일을 못하는 건 아닌지, 출산후에 나를 받아줄 곳은 있는 것인지 매일 걱정과 불안이 계속됐다.

임신기간은 인생의 100분의 1일뿐이라며 스스로를 위로했다. 칠십 살쯤 지금의 나를 돌아보면 가장 행복한 시간일 수도 있다고 생각했다.

세상살이가 지치다 보면 서로를 느끼고 위로할 시간조차 소모로 느껴진다. 하지만 그런 시간들이 없으면 다음을 준비할 수 있는 내가 나타나지 못한다. 뒤돌아보면 빠르게 넘어가는 인생의 영상속에 여유라는 공간이 필요하다는 것을 느낀다.

사십이 넘어보니 빨리빨리 무언가를 성취해서 달려가는 사람보다는, 여유를 가지고 높은 회복탄력성을 가진 사람이 가장 부자이다.

그리고 건강과 스트레스를 맞바꿔 돈을 버는 사람이 가장 가난한 사람이다. 시간이 없다는 사람이 가장 불행하고, 바빠서 소중한 것을 미루는 모습이 가장 바보이다.

오늘도 초조한 일들이 많지만, 너무 조급해하지 말자고 달래본다.

{ 내가 틀릴 수 있다는 관대함 }

잘 잊어먹고 그리고 잃어버리는 나는, 늘 내가 틀릴 수 있다는 생각을 한다. 그렇게 인지하면서부터 인생이 많이 편해졌다. 언제나 열린 마음이기 때문이다.

대학생 때 일이다. 학교 다니랴 아르바이트하랴 바쁘게 지내고 있었는데, 어느 날 고등학교 시절 수학 천재로 불리던 반장이 오랜만에 연락이 와서 사업을 한다는 이야기를 했다. 스무 살을 갓 넘긴 나에게 사업이라는 단어가 너무 크게 느껴졌다. 때마침 구경 왔으면 좋겠다고 하니, 호기심에 시간을 내어 사무실에 들렀다.

방마다 사람들이 가득 차 있고, 박수를 치며 환호하는 소리가 곳곳에서 들렸다. 그때까지 나는 다단계라는 말을 들어 본 적도 없고, 기본지식도 전혀 없었다. 반장은 자신도 여기의 일원이라며 사업에 대한 설명을 차근차근해주었다. 나는 이야기를 듣는 내내 반장이 틀렸다고 판단했다. 시스템은 이해할 수 있어도, 파는 상품이 너무 시대착오적이라 도무지 사고 싶지 않았다. 나의 생각이 틀렸을 수도 있지만, 그날만큼은 더 이상 설명을 듣고 싶지 않았다. 알 수 없는 사이비종교 같은 축축한 기분이 싫었다. 그 후로도 몇 차례 연락이 왔지만 가지 않았다.

나는 종교가 없다. 그리고 딱히 편견도 없다 보니 웬만하면 이해 못 할 일도 없다. 미디어를 통해 보면 지식의 최상단에 있는 사람들이 종교에 왜 이리 깊게 빠지는지 이해가 되지 않았다. 언제나 자신의 의견을 논리적이게 거침없이 말하던 천재 반장도 마찬가지였다.

자신이 가지고 있는 강하고 굳은 심지를 엉뚱한 곳에 꽂으면, 그 이론은 강력한 오류로 연결되는 듯했다.

만일 자신이 틀릴 수 있다는 생각을 했다면 그 심지는 다른 용도로 잘 쓰였을지도 모른다.

그 이후에 연락이 끊긴 우리 반장, 잘 살고 있나 갑자기 생각이 난다.

{ 소명의 열쇠 }

영상을 보고 있으니 깊숙이 빨려 들어간다. 자신의 시간관리를 위해 매일 도표를 만들고 반성하고 분석한다는 내용을 들으니 바로 실천하고 싶어졌다. 변화라는 굴곡을 만드는 것이 어렵지만, 이대로만 하면 내 자신도 금세 변화가 될 것 같다.

하지만 시간이 갈수록 왠지 숨이 막힌다. 인생을 기계처럼 계획을 맞춰 사는 것이 나와 맞지 않는 것 같다. 계획표 속에 나를 올려놓으면 나는 그 틀을 채우느라 초조하고, 다른 것을 생각 하는 것은 사치가 된다. 생각없이 영상을 보며 머리를 식히는 시간도, 친구와의 즐거운 시간들도 죄가 된다.

남편이랑 일본여행을 갔었다. 뭔가 색다른 기억을 남기고 싶은 마음에 기차를 타고 지나가다가 다음정거장에서 그냥 내려보자고 말했다. 내려선 그곳은 고즈넉한 시골 마을이었다. 농기계 마트에서 뭔지도 모르는 도구들을 구경하고, 외국인이 처음 방문하여 놀란 음식점에서 미소를 지으며 식사를 하고, 산골짜기를 따라 주택가들이 모여있는 집들을 보며 신기하다며 두리번댔다. 짧은 시간이었지만 가끔 그곳 생각이 난다. 선명한 사진 대신, 내 기억에 즐거움으로 남아 있기 때문인 것 같다. 설레는 낯섦이 좋다.

두렵고 때로는 두근거리는 그 접점에서 나를 마주했을 때, 생각하지 못했던 모습을 만나는 것이 기대된다. 다른 모습의 나는, 어느 날 가장 큰 내가 되어 멋지게 걸어간다.

누구나 소명을 가지고 지구로 소환된 우리는, 소명이 무엇인가 찾아가는 과정에 오늘이 놓여있다. 같은 모습만 가지고 반복된 일들만 생긴다면 그것을 만나기 어려울 것이다. 나에게 의미를 주지 않으면 우리는 또 세상이 흘러가는 대로 살게 된다.

오늘도 계획표 대신에 자유로운 글을 쓰면서 나에게 보물 찾기를 기대해 본다.

글이라는 것도 나의 소명의 열쇠가 될 수도 있지 않을까.

{ 수를 이해하지 못하면
미래가 보이지 않는다 }

숫자에서 시작되는 수학, 데이터 분석, 경제지표 등등.

이런 것들을 좋아하고 흥미가 넘쳐서 들여다보고 배우는 사람이 얼마나 있을까? 심지어 우리에게는 학교에서부터 수학에 흥미를 느끼기 어려운 고비가 찾아온다. 중학교 2학년 그리고 1차 함수, 방정식과 부등식, 산포도 등등 이때부터 수학책은 깨끗해진다. 이렇게 겨우 학교 생활을 벗어나 성인이 되고 나니, 사회는 지수, 순위, 매출 이야기로 채워진다. 심지어 수치들은 매일매일 업데이트가 된다. 숫자라는 녀석이 질리도록 등장한다.

마트에도 9,900원, 12시부터 타임세일, 1+1 행사. 집에 와서 계산해 보면 오늘 장 본 것이 진정 나에게 이득이 있는 건지도 헷갈린다.

돈과 경제 안에 데이터들을 받아들이지 못하면 우리는 세상과 한 발자국씩 멀어지는 느낌을 받는다. 요즘 제일 무섭게 협박받고 있는 단어 중 하나는 금융 문맹이다.

얼마전에 다큐멘터리를 봤다. 팔순이 넘는 노인이 하루종일 폐지를 주어도 손에 만 원이 쥐어지지 않는다. 먹을 것도 제대로 못 먹고 형편도 나아지지 않으니 보는 내내 마음이 미어졌다.

세상에는 대가 없이 주어지는 게 없다는 것은 모든 사람이 다 알지만, 불공평의 끝을 보여 주듯 그들은 그 누구보다 열심히 일한다.

도대체 무엇이 잘못되었을까?

경제적인 문제를 모두 숫자와 연결시킬 수는 없겠지만, 수에 대한 이해와 받아들임은 장기적으로는 큰 차이를 만든다 할 수 있다.

심하게 말하자면 지구에서 생존은 산소와 숫자가 필요하다. 살기 위해 육체를 밤새 움직여도 계산하면서 걸어가는 자를 이길 수 없다. 그들이 만들어 놓은 시스템 틀에서 이리 뛰고 저리 뛸 뿐이다. 결국 수를 배우고 이해하는 존재가 편히 누워서 사는 세상이다. 그지 같은 삶이라고 욕해도 수안에 들어가지 못하면 산소 없는 삶과 같다는 것이다.

오늘도 데이터가 난무하는 세상에서 이해하기 힘들고 귀찮아도 노력해야 한다는 생각이 든다. 내 것으로 흡수해야 기회를 가진 세상이 보이는 것은 어쩔 수 없지 않은가.

{   내가 아닌 상태   }

일 년에 한두 번 정도는 평소의 상태가 아닌 날들을 경험하게 된다. 머리가 핑 돌고 몸이 축 쳐져서 여기가 내가 사는 세상이 맞는 것인지, 인간이라는 존재는 무엇인지 싶다. 작은 바이러스에 의해 이렇게 뇌가 지배당하고 아무 생각 없이 무기력한 것을 알면서도 마음대로 움직여지지 않는다. 어제까지 열심히 살았던 내가 허무한 몸 상태가 되어있다는 사실뿐이다.

어느 날은 아침에 일어나자마자 몸이 가볍고 머리가 투명해지면서 쏟아지는 아이디어에 에너지가 느껴진다. 왠지 좋은 일이 생길 것 같은 느낌이다. 그 순간을 놓치고 싶지 않지만, 일상 속으로 또 나를 구겨 넣고 나면, 아침에 느낀 그 감정은 아쉬움으로 남은 채 터벅터벅 퇴근을 한다.

그러고 보면 컨디션이 나쁘다고 오늘이 아닌 것도 아니고, 날아다닐 듯이 기분이 좋아도 오늘을 더 늘릴 수도 없는 것이다. 어느 중간쯤에서 일상을 해내고 버텨내는 것이 감사하다.

하늘에서 모두에게 적당한 이벤트 주머니를 들고 있다가 일상이 잔잔해지면 나쁘거나 좋은 이벤트를 랜덤으로 우리에게 던져준다. 이벤트는 일시적일 뿐이라고 생각하며 즐기거나 견디면 되는 일이지만, 그 소용돌이 속에 들어가 있자니 죽을 맛을 느끼며 끝이 보이지 않는다. 아무 일 없이 잔잔하게 살아온 것처럼 보이는 사람들도 모두 이벤트볼을 맞고 있다. 그렇게 세상은 불공평한 듯 보이지만 나름의 규칙이 존재한다.

조만간 볼이 떨어질 때가 된 것 같은데 두렵기도 하고 설레기도 한다. 아팠던 어제도, 꽉 채운 것 같은 오늘도, 잘 지나왔다면 우리는 꽤나 잘 살고 있는 것이다.

{ 평범이라는 필터 }

어릴 적부터 주변에서 특이하다, 독특하다는 이런 종류의 이야기를 들으면서 자라왔다. 평범이라는 의미로 나누는 기준이 무엇인지도 모르는 채, 다르다는 의미가 두려웠다.

평범의 범위는 좋은 학교와 좋은 회사 그리고 오랫동안 승진과 연봉 상승을 누리며 퇴직하는 길의 시작이었다. 그곳을 향해 같이 달리고 있는 부모님들 눈에는 도전을 시작하자마자 포기하고, 늘 독특한 생각과 호기심 넘치는 질문을 쏟아내는 내가 걱정이 될 만도 했다. 그때는 그런 분위기였다.

손이 헐거워 물건을 망가트리기 일쑤이며 딴것에 집중하면 다른 이야기도 못 듣는 탓에 잔소리도 많이 들었지만 그런 것은 사실 중요하지 않았다. 가장 어려운 것은 평범이라는 단어를 이해하는 것이었다.

사람들과 대화를 해보면 기준이 참 모호해진다. 누구 하나 특색이 없는 사람이 없고 그저 그런 사람이 없다.

솔직함은 평범함을 벗어나게 한다. 그 영역의 변경은 우리를 두렵게 만들기도 한다. 사회에서 바라보는 시선에는 평균값의 필터가 씌워져 있기 때문에 평균의 카드의 패만 보여주는 것이므로 그렇게 느끼게 된다.

회사에서 모습은 삶의 일부일 뿐이다. 그 범위를 벗어난다는 것, 다른 각도로 세상을 바라보며 살아본다는 것은 남들이 바라보는 눈높이를 신경 쓰지 않겠다는 결심이 필요하다. 한 번의 용기로는 힘든 난관이 나를 계속 밀어낸다. 자신이 엉뚱하다는 것을 알지만, 그 필터를 벗어날 자신이 없어 적당한 선에서 합의를 하면서 살아가고 있을지 모른다. 그래서 그 딴 것을 신경 쓰지 않고 자신에게 몰입해서 사는 사람들을 보면 존경스럽다. 다른 세계로 이끌어 나갈 수 있는 동력을 스스로 만드는 사람들이기 때문이다. 이런 사람들이야 말로 성공이라는 타이틀이 적당하지 않나 싶다.

경제적으로 성공한 사람들만이 박수받는 성공케이스보다 단단한 그들이 참 멋지다고 생각한다.

{ 어른이라는 가볍지 않은 단어 }

부정하고 싶지만 세상은 도전의 계단 앞으로 언제나 우리를 부른다. 넘어져도 굴러 떨어져도 앞으로 나가지 못하면 우리는 살아남기 어려운 시스템 속에 살고 있다. 무언가를 이뤄서 며칠 동안 신나는 마음속에 빠져 있다가도 그다음의 뭔가가 또 나를 기다린다. 나의 인생은 늘 그랬고 지금도 그렇다.

그냥 머무르면 썩어 버릴 것만 같은 이 불안감이 나를 성장하게 하고 단단하게 했지만, 한편으로는 어른이라는 무게로 많은 고민을 혼자 치워내야 했다.

어른이 된 지는 한참 지났지만 삼십 대에는 시간 속에 짓눌려 무언가를 생각할 겨를이 없었다. 결혼과 출산이라는 이유를 앞세워 회사생활도 그만하고 싶은 마음에 큰 보따리를 들었다 내렸다를 반복했다. 어느 순간 정신을 차려보니 살림도 회사일도 이도저도 아닌 상태에서 두드려만 맞고 있는 기분이었다.

아픔을 느껴도 또 기회를 찾고 생각하고 결정하고, 슬퍼도 기뻐도 요동치지 않는, 아니 그렇게 할 수 없게 되어 버린 요즘이 어른인가 싶다. 한편으로는 가족들에게 고민의 짐이 될까 혼자 생각하는 나의 잠 못 드는 밤이 가엽기도 했다. 하지만 이젠 그래야 한다. 그냥 담담하게 그렇게 말이다.

그러나 어른이라는 프레임을 너무 무겁게만 느낀다면 매일 걷던 계단 할 발자국도 내딛기 어려워진다. 그렇지만 내가 잘하는 게 있다. 앞 뒤 생각 안 하고 그냥 하는 거다.

남들이 뭐라 하건 말건 신경 안 쓰기, 움켜쥐고 있는 것을 모든 것을 놓을 수 있는 용기는 어른이 되면서 채워진 감사한 것들이다.

오늘도 어른이라는 단어의 무게는 진중하고 깊어진다.

{ 나다운 일 }

얼마 전에 대학교 온라인 특강 요청을 받았다. 언젠가는 패션 일을 시작하는 후배들에게 내가 가지고 있는 경험들을 나누면서 굳이 겪지 않아도 될 시행착오를 줄여주고 싶다는 생각을 하고 있었기에 그 부탁은 꽤나 반가웠다. 애초부터 돈은 생각하지도 않았지만, 재능 기부라고 하니 마음이 편했다.

역시 대가를 받지 않는 작은 일들은 참 좋다. 아무것도 개입되지 않는 자유 안에 생각과 행동은 가장 나답게 작동한다. 그 행동 속에 다른 나를 발견하면서 흥미로운 기회가 올지 모른다는 생각은 참 설레게 만든다. 분수대의 동전 던지기처럼 행운의 조각이 오기를

바라면서 말이다. 물론 그 아무 일도 일어나지 않아도 그 순간만큼
은 나다워서 좋다.

일전에 승진자 대표로 회사강당에서 스피치를 할 일이 있었는데,
너무 떨려서 준비한 이야기 대신 다른 말을 하고 있는 나를 느끼자
마자 등줄기에 식은땀이 흘렀다. 남들이 나를 어떻게 보고 있는지
시선을 생각하니 긴장은 휘몰아쳤다. 하지만 오늘은 다른 이야기를
해도 좋고 어떻게 든 나답게 마무리만 잘해보자라고 생각하는 순
간부터 마음이 편해졌다. 강당에서 내려오니 상사가 어떻게 그렇게
말을 잘하냐고 한다. 누군가를 통해 나를 바라본 다른 모습이 낯설
기도 하고 흥미롭기도 했다.

중요한 미팅이나 발표가 있으면 누구나 며칠 동안 머리가 온통
그 생각뿐일 것이다. 진짜 잘해내고 싶기 때문이다. 그리고 좋은 결
과에서 오는 달콤함을 놓치고 싶지 않기 때문이다. 하지만 현실은
상상만큼 녹록하지 않아서 어디서부터 어떻게 시작해야 할지도 모
르는 생각과 결정은 긴장을 반복하게 만든다.

나 또한 이 굵직한 긴장감을 잘 알기에 중요한 일에 임하는 마음
가짐을 완전히 바꾸었다. 그 순간에 무언가를 꼭 보여주어야겠다는
생각보다는 마음을 편하게 먹고 나 자신을 믿어보는 것이다. 중요
한 시작의 문을 열기 전에 '망해도 좋다!. 오늘은 너 마음대로 해라'

이렇게 주문을 외운다.

인생은 비틀비틀하면서 어디론가 찾아가는 과정이 아닐까 싶다. 현재 나는 여기에 있으니, 이 일을 하는 지금을 평가할 필요가 없다. 우리는 불안함 속에 앉아있었지만 지나가보면 자연스럽게 알게 될 것이고 알게 되는 것들을 꺼내 쓰면서 그렇게 발전하는 것 같다. 되는대로 인정하자. 잘 안되면 이번에 나의 능력은 여기까지 인 것이다.

{ 들여다보기 }

살면서 자신을 들여다보는 일이 많은 것 같아도, 때로는 내가 나를 제일 모른다. 투명하게 살고 싶다가도 불순물이 끼고, 색이 입혀지고, 그것을 피하고 싶어도 피할 수도 없다. 어쩌다가 입혀진 색을 또 사람들이 좋아해 주면 나는 내 생각과 다르게 그저 그런 사람이 되어간다.

나의 본질, 원래의 나의 모습이라는 것은 무엇일까?

인생이 괴롭고 마음이 힘든 시기를 지나고 있을 때는 고민을 꺼내놓고 이야기하는 것이 쉽지 않다. 나의 고통을 전달시켜 주변사람들이 걱정하는 것도 싫지만, 내 문제를 나 스스로 해결하지 못하는 어른이라는 생각 때문에 며칠을 끌어안고 생각한다. 그러다가 문제를 풀어갈 길을 찾지 못해 막막한 상황의 끝에 놓일때 책을 펼쳐본다. 많은 책들은 나의 문제를 아는 듯이 상처를 어루만져주었다. 책을 읽으면서 마음이 와 닿는 문장 아래에 나의 이야기를 써 내려갔다. 그렇게 아주 천천히 그리고 차분하게 나는 나와 대화하면서 위로를 받았다.

위로의 따뜻함은 봄바람처럼 살랑살랑 나의 마음에 스며든다. 그 과정이 반복될수록 다른 사람들의 말이나 상황에 상처받지 않고 유연해지는 나를 보게 됐다.

가장 행복한 것은, 상황은 크게 바뀌지 않았는데도 감사한 마음이 생긴다는 것이다. 행복과 감사라는 단어는 남에 시선에 신경 쓰지 않은 가장 강력한 무기가 되었다. 여러 사람의 마음을 받아 드릴 수 있다면 큰 그릇이 준비되고 있다는 신호일 것이다. 오로지 내 안에 상태에 대한 표현이기 때문이다.

나라는 사람도 변화될 수 있다는 것을 몸소 느끼니 새삼 놀랍다. 결국 자신을 올바로 관찰하지 않으면 올바로 설 수 없다.

{ 아주머니가 인사해주었다 }

패션회사 특성상 옷과 원단을 만지고, 실물을 보면서 하는 일들이 많다 보니 퀵 기사님들과 자리를 치워주시는 청소 아주머니들이 수시로 오간다. 자리에만 앉아 있으면 도움 주시는 분들이 알아서 전달해 주시고 치워 주시는 수고를 해주시는데 그게 늘 일상이니 감사함을 느끼지 못했다.

야근이 많다 보니 결혼 전에는 남편이 자주 회사 앞으로 데리러 왔었는데, 어느 날 나에게 이런 말을 한다.

"퀵 아저씨와 청소 아주머니한테 인사 잘 드리지?"

나는 바로 대답을 하지 못했다. 왜 물어보는지 의도를 모르겠거나 와, 그것에 대해서 생각해 본 적도 없었기 때문이다.

"바빠 죽겠는데 그럴 시간이 어딨어!"라고 대답해 버린다.

차분한 남편의 답이 이어진다. "인사하면서 감사하게 생각해 보도록 해봐. 그분들을 대하는 너의 태도가 다른 사람이 너를 바라보는 만큼이야." 말이 끝나는 순간 번쩍 정신이 들었다. 내가 남들에게 그렇게 대접받고 싶으면서 나는 늘 감사한 분들에게 인사조차 하지 않고 살았다. 그 다음 날부터 다르게 살기로 했다.

하지만 새로운 시도를 한다는 것은 변화된 나의 부끄러움을 뚫어야 한다는 고통이 따른다. 처음에는 힘들었지만 서서히 인사는 나에게 자연스러운 것이 되었고 아이에게도 늘 가르쳐주었다.

아파트 엘리베이터에서 인사를 하면 대부분 반갑게 받아주시는데, 한 아주머니는 인사를 하자마자 아이 둘 손을 양쪽에 붙들고 항상 도망치듯이 내리신다. 그래도 언젠가는 받아 주시겠지 생각하면서 인사를 반복하던 어느 날이었다. 나지막이 "네." 하고 대답을 하고 내리셨다. 목소리가 조금 허스키하신 것 같아서 목소리 때문에 부끄러워 그러신가 생각했다. 그런데 어제는 아주머니가 엘리베이터를 타자마자 먼저 "어머! 안녕하세요?" 이러는 것이 아닌가.

순간 기분이 벅차오르고 미소가 절로 났다.

"우와! 네. 안녕하세요!" 난 이렇게 감탄하고 말았다. 집에 와서 생각하니 '우와!'라고 말한 것이 너무 웃겼다. 그래도 먼저 인사해 주시니 감사한 일이다.

오래전에 나처럼 즐거운 변화가 필요하다는 것을 느끼신 것 같다.

{ 날로 먹을 생각은 내려놓기 }

지금 책을 쓰고 있지만 이 책이 잘 될까 라는 생각은 하지 않는다. 처음부터 겸손과 좌절이 아니라 주변을 보면 생각보다 책을 주기적으로 읽는 사람도 많지 않고, 수많은 책들도 쏟아지고 있기 때문이다. 그래도 내가 책을 내고 싶은 이유는, 이 기회를 통해 매일 매일 글을 쓰고 있기 때문이다.

모든 일에는 과정이라는 것이 필요하다. 과정이라는 친구는 참 지루하고 알맹이도 꽁꽁 숨겨서 보여주지도 않는다.

1단계를 넘어서면 맛보기 정도로 나타났다 사라진다. 뭔가 얻은 것 같지만 손에 쥐어진 것은 하나 없다.

2단계쯤 가면 내가 슬슬 지루해진다. 꾸준함이라는 지루한 친구가 포기를 데려온다.

만일 3단계쯤에 도달했다면 조금 익숙해지면서 재미라는 것을 슬슬 느끼기 시작한다. 그 이후에는 그냥 습관이 되고 생각의 근육이 생기고 처음을 돌아보면서 미소를 지을 수 있게 된다. 아마도 지금 나의 글쓰기는 3단계를 향해 가고 있는 어디쯤 일 것이다.

근데 글쓰기뿐만이 아니라 세상 모든 일이 다 비슷한 과정을 거친다. 갑자기 잘 된 친구들도 많은 것 같은데, 나에게는 정말인지 날로 먹는 기회라는 것이 없으니 이 삼십 대에는 그게 참 서러웠다. 한 번쯤은 그냥 떨어지는 감도 있는가 싶었는데 열어보면 다 썩은 것들뿐이었다. 어차피 내 인생은 그냥 되는 게 없도록 설계되었으니 그냥 고생하자라고 생각하면 마음이 편했다.

그 덕분에 일단 실패 생각은 하지 않고 많은 도전을 했지만 그 기록들을 보면 부끄러움에 벌거벗겨진 기분이다. '어떻게 이런 걸 잘했다고 기록을 남겨 놓았을까. 진짜 용기가 대단하다. 이걸 그냥 밀어붙였다고?' 생각하니 풋풋함에 웃음이 난다.

지금의 이 글이 십 년 뒤에는 부끄러움의 기록일 지도 모르지만 그냥 생각대로 하고 있다. 우리는 어떻게 될지 아무도 모르고, 이런 과정이 없다면 지금의 나는 다른 형태이지 않을까 싶다.

{ 뜬금없는 곳에서 나를 보다 }

저녁만 되면 '오늘은 무슨 안주를 먹어볼까!' 기대를 가지고 즐거워하던 사촌오빠들이 생각난다.

미국에서 인턴을 하던 때 나는 운이 좋게도 외삼촌댁에 머무르고 있었다. 맞벌이를 하시는 외삼촌과 외숙모 그리고 회사에서 돌아와 대충 피자나 라면으로 때우는 저녁식사 패턴에 익숙해져 있는 사촌오빠들이 있었다. 나는 얹혀 사는 미안한 마음에 무엇이라도 보탬이 되고 싶었다. 요리에 대한 지식도 경험도 없는 상태라 집에서 먹어봤던 맛의 감각을 따라, 있는 재료로 간단한 볶음이나 무침 요리등을 만들기 시작했는데 오빠들의 반응은 폭발적이었다. 이런 것도 만들어 볼 수 있냐, 요런 것은 어떠냐 등등 재미있는 주문들이 이어졌다. 신기하게도 뚝딱뚝딱 요리를 해내는 나를 보고 놀란 것은 나였다.

엄마의 맛을 따라 내 손은 감각적으로 움직이고 있었다. 자신감이 축척되니 있는 있는 재료로 무엇이든 만들고 싶어졌다. 책으로 배우는 공식과 다르게 감각에 의존하는 행동은 꽤나 매력적이었다.

내 인생도 그렇다. 새로운 것을 해보려고 나를 꺼내어보면 언제나 재료가 충분하지 못하다. 기회가 왔을 때 완벽한 재료를 가지고 모든 상황을 맞춰가며 요리를 해내는 것은 불가능에 가깝다.

그동안 누적된 나의 감각과 그럴싸한 나의 설명으로 꾸며진 결과물을 가지고 맛있는 음식이 될 수 있다고 믿어보자. 그리고 결과물이 평균 이상이라면 나는 그렇게 멋진 경험의 포인트를 쌓을 수 있다. 자신감으로 걸어간다면 두려움은 훨씬 작아진다.

흐려지는 기억과는 반대로 특별한 순간들은 시간이 지날수록 농도가 진해진다. 자연스럽게 머리가 아닌 가슴으로 기억되기 때문이다. 그 느낌은 소소한 행복감을 준다. 오랫동안 느끼고 싶어지는 날에는 적어서 감정을 더해 보기도 하고, 기억에 상상을 입혀 보기도 한다. 그러나 행복한 과거에 머물며 잔잔하게 살고 싶은 인생살이는 나에게만 집중하게 놔두지 않는다. 박수가 끝나자마자 내려오는 계단이 보인다. 그러니 과거가 쌓여갈수록 겸손을 생각해야 한다.

겸손 안에 배려와 이해가 함께 한다. 남들을 이해하려고 노력할수록 인생의 포인트가 제공된다.

달리다 가도 뒤를 돌아보고, 흘린 것들을 주머니에 찔러 넣고 걷다가 주머니에서 꺼내보고 만지작 거려 본다. 하찮게 생각했던 모든 것을 잊지 않으려 노력해 본다.

감사한 사람들에게 진심이 담긴 말을 받고 나면, 나에게 집중했던 시선들이 그들에게 옮겨진다. 그렇게 스스로 우물에 갇혀 버릴 뻔 한 나를 구한다.

한때는 프로젝트를 위해 새로운 사람을 만나면 어떻게 기선제압을 해야 할지 한참 머리를 굴리다가 말을 풀어내기도 했다. 할 말을 준비해서 사람을 만나면 준비한 이야기를 다 해야 되겠다는 생각 때문에 자기 말 만 하게 되고, 의도하지 않게 실수와 바닥을 보이기 된다. 핵심도 없고, 내세울 것도 없이 그 자리를 망친다.

과연 할 말을 다하며 사는 것이 중요한 일인가 싶다. 피검사, 소변 검사만 해도 전체 몸 상태를 알 수 있는 것처럼, 대화의 부분만 봐도 그 사람 전체가 보인다.

쉽지는 않지만 그리고 자꾸 잊어버리게 되지만, 남들의 생각을 인정하고 좀 더 들어보려고 한다.

세상살이가 혼자 되는 게 없다.

지금의 나의 모습도 싫든 좋든 간에 여러 가지 복합적인 요인에 의해 만들어졌을 것이다. 이렇게 내공의 포인트를 쌓다 보면 어느 날 신이 나의 손을 끌어 잡아당겨주는 듯한 알 수 없는 기회가 나에게 찾아온다.

Part.
4

일하는 엄마인 나는

{ 임신이 미안한 세상 }

몇 년 전 일이다. 팀원들이 빈틈없이 일해 준 덕분에 성과도 팀워크도 좋고, 무엇보다도 팀장인 나에게 솔직하게 대해주는 것이 고마웠다.

어느 날 팀원이 회의실에서 상담 요청을 했다. 이렇게 팀 분위기가 좋은데 내가 알지 못하는 무엇이 있는 건 아닌지, 문제가 생긴 건 아닌지, 짧은 순간에 오만가지 생각이 다 들었다. 그 친구는 주말에 병원을 다녀와서 임신인 것을 알았다면서 팀에 누가 되지 않도록 티 내지 않고 열심히 일하겠다고 말했다. 나는 지금도 충분히 잘하고 있고, 가족이 가장 중요한 것이니 그런 말은 하지 말라며 축

하를 해주었지만, 상담을 끝내자마자 나는 화장실로 뛰어갔다.

회사에서 좀처럼 눈물 따위는 보이지 않던 나는, 참았던 울음이 쏟아졌다. 새로운 생명이 찾아와 가족이 행복한 것이 최우선인데 민폐가 될까 염려하는 그 친구의 마음이 과거의 내 모습 같아서 마음이 미어졌다.

컨디션이 좋지 못해 실수하고, 인사평가에 발목 잡히고, 승진은 뒤로 한채 육아휴직 후 조용히 사라지는 일하는 부모가 겪는 우리 사회의 민 낯이다. 이런 사회의 꼭짓점에서 보호해주지도 못하는 나도 미안해져만 간다.

일하는 엄마로서 회사에서 멋있게 지내고 있는 선배가 되어 용기를 주고 싶은데, 나 또한 고공분투이니 현실은 꽤나 빡빡하게 느껴진다.

{ 내 가족을 지키는 법 }

요즘은 학교에 행동이 이상하거나 독특한 정신세계를 가진 친구들이 상당히 노출되어 있는 세상이다. 엄마들은 단톡방과 같은 여러 네트워크로 연결되어 있고, 정보의 가닥의 마지막이라는 아들 가진 워킹 맘인 나에게도 사건 사고를 집요하게 업데이트해 주는 엄마들도 있다.

"이런 행동을 한 아이들은 전학을 가야 한다!, 부모가 강력하게 후속 조치를 취해야 한다" 등등 시끌시끌하다.

과연 우리 주변에만 이러한 문제가 없으면 끝인가 하는 생각이 든다. 사건과 행동의 시작을 벗어나 그들은 상처와 잘못을 안고 또 어디론가 떠난다. 그리고 누군가는 떠난 그들을 맞이하게 된다. 불편하고 어려운 일이지만, 누군가는 안아주고 이해해 주고 치료해 줘야 끝이 나는 일이다.

무책임한 말과 행동을 내뱉고, 그것에 대한 책임을 어떻게 정리해야 할지 모르는 아이들에게 서둘러서 사회에 섞이는 사람이 되라고 강요하는 것은 마치 나오면 때려잡는 두더지게임과 같다.

자신만 빼고 빨라지고 수시로 바뀌는 것만 같은 사회 속에서 그들은 보이지 않는 어디론가 사라진다. 그때는 모든 것이 늦었다.

불안전한 사회에서 안전하게 내 가족을 지키고 싶다면, 퇴치와 비난을 하기 전에 품어줄 수 있는 방법이 있는지를 한 번이라도 생각해 보는 것이 좋겠다.

나도 부족하지만 작은 방법이라도 실천해 보려고 한다.

{ 그냥 두어 보기 }

저녁에 태권도를 다녀와 하루에 있었던 이야기를 쏟아내는 아들과의 대화 시간은 늘 즐겁다. 요즘 친하게 지내는 여자친구 이야기를 하는 내내, 미소 짓고 있는 것을 보면 좋아하는 마음이 커지는 듯하다. 열 살이 넘어서부터는 부쩍 여자친구들 이야기도 많이 하고, 부모보다는 친구들과 노는 것이 즐거워지는 나이이려니 생각하지만, 때로는 낯설고 섭섭한 마음이 생긴다.

걱정되는 마음에 "왜 집 앞까지 데려다줘야 하냐? 항상 조심해라" 등등 나도 모르게 틀에 박힌 엄마의 말투가 등장한다. 잔소리가 좋지는 않았는지 어느 날은 뭔가 말을 꺼내려다가 멈칫한다.

아직 어리다는 이유로 선을 넘은 기분이었다. 이건 아니다 싶어서, 그 다음부터는 잔소리는 최대한 삼켜 보기로 했다.

학원을 보내지 않아도 수학은 곧 잘하는 줄 알았는데, 어느 날 사선이 잔뜩 그어진 시험지를 보니 한숨이 절로 나왔다. 이대로 두어도 될까 걱정도 앞서지만 "오늘은 비가 좀 많이 내렸네" 하면서 웃어넘겨본다. 그랬더니 아이는 자기가 헷갈렸다면서 껄껄거리며 다음에는 동그라미를 제법 받아왔다.

집에 있는 시간은 가장 편안하고 마음껏 상상할 수 있어야 하는데, 잔소리로 자율성을 빼앗고 싶지는 않았다. 아빠엄마가 퇴근 후 집에 들어왔을 때 아이가 하고 있던 행동을 그대로 이어서 하고, 먼저 이야기를 꺼내어 물어주고 그러면 된 것 같다.

편안한 환경을 만들어주고 선택을 하게 그냥 두어보자.

우리 아이를 일단 믿어보자. 마음이 느껴지면 그건 믿음으로 단단해져 돌아온다.

{ 내가 먼저 제대로 살아야지 }

정치와 자식교육에 대해서는 아무리 친한 사람들이라도 말을 꺼내기가 조심스럽다. 서로 견해가 다를 뿐만 아니라, 대화를 나누다 보면 자라 온 환경과 부모님의 영향등이 자연스럽고 진하게 투영된다.

우리 부부도 어느 정도의 색깔이 있는데, 남들의 속도와 비교하지 않고 어린이라도 의견을 최대한 존중하면서 키우려고 노력하는 중이다. 그러다 보니 아이의 의견을 반영해서 연필로 공부하는 학원 대신, 태권도와 미술을 신나게 즐기고 있다.

다른 아이들보다 상대적으로 시간적 여유가 있다 보니 혼자 엉뚱한 상상도 잘하고, 이야기 나누는 것을 좋아해서 뉴스를 보면서도 다양한 생각을 쏟아낸다. 초등학생이 너무 자극적인 뉴스에 충격받지 않을까 생각하다가도 인간의 추악함과 세상의 공포를 꼭 숨겨야 바른 사람이 되는 것 같지는 않다.

때로는 이 험한 세상을 안전하고 잘 살아갈 수 있게 부모가 가지고 있는 정보로 통제를 하고 싶어지지만, 무수한 정보들은 우리의 의도와 상관없이 실시간 아이들에게 제공된다. 더 이상 부모 경험에 의한 통제나 가르침의 범위에 한계는 의미가 없어지고 있는 듯하다.

어느 날 아이와 대화를 나누다가 장난을 치고 싶어 말을 꺼냈다.

"좀 독특하다는 점에서 말이야. 다른 부모님들과 아빠엄마는 좀 다르다는 것은 알지?" 하고 말했더니 아이가 신기한 대답을 한다.

"알지! 전생에 큰 마음의 상처를 받았거나 아니면 교통사고나 병으로 내가 일찍 죽은 탓에 하늘에서 마음이 너무 아픈 나머지, 이번 생은 아빠엄마를 나에게 보내준 것 같아."

가볍게 꺼낸 대화에서 나는 가슴이 먹먹해진다.

아이가 태어난 날 우리는 모두 '건강하게만 자라다오.' 하고 빌었다. 몸도 정신도 건강하게 자라며 살고 있는데, 아이의 생각을 존중

못 할 것이 뭐가 있겠는가 싶다.

내가 더 잘 살아야겠다. 나의 신념대로 단단하고 정직하고 부끄럽지 않게 말이다.

아이의 말을 듣고 오늘 또 한걸음 성장해 본다.

{ 모드를 바꾸면 된다 }

뒤돌아보면 책으로 많은 것을 얻었고, 생각도 그리고 인생도 서서히 바뀌어 가는 듯하다. 그만큼 책 안에 배움과 치유를 믿기 때문에 책 읽는 시간을 참 좋아한다. 문제는 일을 하고 아이를 키우면서 책을 읽는 시간을 마련한다는 것이 쉽지 않다는 것이다.

물론 출퇴근 이동 시간에 책을 읽을 수 있겠지만, 그때라도 좀 잠을 청하지 않으면 내 몸이 더 늘어질까 두려워 눈을 감아버린다.

집으로 돌아와서는 집안일 좀 하다 보면 그냥 지쳐 잠이 들어버린다. 이렇게 살다가는 바보가 될 것 같은 우울함에 빠져버린다. 아이가 잠이 들면 책을 읽어야지, 이것만 다 치우고 책을 읽어야지 하다가 책을 펼쳐놓은 채로 아이와 함께 잠이 들어버린다. 내가 좋아하는 것을 잠시라도 할 수 없다는 것에 화가 슬슬 밀려온다.

부정적인 생각이 들 때마다 잠시라도 운동을 하려고 노력한다. 분명 지금 내 머리가 맑지 못해서 마음이 꼬여 버린 거라고 생각한다.

우리는 중요한 문제의 결정을 신중하게 내리려 할수록, 준비를 깊게 하면 할수록 본질에서 희미해지고, 내가 활동하고 있는 이 순간에 지쳐버려서 목적이 무엇인지 잊어버린다. 특히 체력이 고갈되거나 에너지가 빠져 버렸을 때의 선택은 가장 위험하다.

오늘 생각이 엉켜버린 것 같아서 퇴근길에 몇정거장을 미리 내려 걷고 있으니 생각이 번뜩 든다. '나의 상황은 변하지 않을 것이고, 시간이 가는 것은 막을 수 없으니 그냥 나 자신의 모드를 바꾸는 것이 좋겠다.'

아이가 옆에서 놀거나 숙제할 때, 나도 SNS 그만하고 책을 보면 되는 거다. 부산스러운 아이와 같이 있다 보면 집중력을 무너트리는 순간은 계속 찾아오지만, 그래도 다시 돌아오는 모드를 연습하면 된다. 이건 업무처럼 효율성을 내야 하는 일도 아니지 않은가.

지금 글을 쓰고 있는 이 시간도 아이가 유튜브도 보면서 만들기에 집중하고 있는 시간이다. 가끔 질문하는 것은 들어주고 받아쳐

주면 된다. 나 하기에 달렸다.

　사실 글 쓰는 것을 포함한 많은 창작 활동은 시간이 주어진다고 좋은 결과물이 나오는 것은 아닌 것 같다. 그냥 짬 나는 대로 생각을 옮겨보고 입혀보고 오히려 좋은 결과물이 될 때도 많다.

　아이가 잠들면 읽어야지, 시간이 될 때 글을 써야지, 생각하다 보면 시작이 점점 두려워진다.

　그냥 있으면 있는 대로, 상황이 되면 되는대로 거기서 한번 뛰어들어보자. 망치면 또 나의 모드의 방향을 조금 바꿔보면 그만이다.

{ 친구의 사표 }

어제 친구 한 명이 또 사표를 냈다.

친구는 나와 같은 대학원 동문으로 박사학위까지 마치고 대학교 강사로 일하고 있다. 회사보다는 일에 얽매어있는 시간이 적다 보니 멋있고 꿋꿋하게 육아를 해내고 있었다. 그런데 올해 아이가 초등학교 입학을 하면서 양가 도움을 받을 수 없고 휴직이 불가능에 가까운 직업인지라 친구는 울면서 사표를 냈다.

박사학위까지 받는데 소요된 많은 시간과 비용 그리고 미래를 생각하며 꿈을 나누던 우리들은 그렇게 엄마가 되어 현실 앞에 주저

앉았다. 더군다나 요즘 대학교 강의 자리도 한번 물러나면 다시 들어갈 수 있을지 보장도 안 되는 상황이다. 그것을 알면서도 선택지가 없는 심정을 알기에 이야기를 듣는 내내 마음이 구멍 난 것 같았다. 어머니가 근처에 살면서 아이를 돌봐 주시는 내 입장은 그저 감사할 뿐이다.

글로벌 기업의 아시아 허브역할을 하고 있는 홍콩 또한 우리나라만큼 바쁘고 야근이 많은 나라이다. 패션업은 특히 그러하다.

시즌 준비를 할 때면 홍콩에서 종종 미팅이 있는데, 비즈니스에서 불편한 안건을 처리하다 보면, 마지막은 따끈한 가족이야기로 마무리하는 것이 가장 자연스럽다.

어느 날도 미팅을 마치고 저녁식사를 하며 육아문제에 대해 이야기를 하게 됐다. 자녀문제는 늘 전 세계 워킹맘들의 공통 고민이다.

양가 도움을 거의 받지 않고 아이를 키우며 퇴근해서 집안일 대신 휴식을 취할 수 있는 그들은, 퇴사와 이직 없이 롱런의 비율이 높다. 그 비결은 바로 외국인 육아 도우미다

보통 말레이시아, 필리핀 도우미를 고용하는데 비용도 저렴하고 문화도 잘 통한다고 했다. 그들도 한국의 워킹맘들이 일 끝나고 집에 가서 요리하고 설거지 한다는 이야기를 들으면 슬프다고 한다.

나 또한 현실이 외줄 타기 인생 같으니 중요한 결정에서 항상 망

설여진다.

친구가 울고 있지는 않은지 걱정이 된다. 우울해하기 전에 한번

만나봐야겠다.

{ 현타가 온다 }

우리 집에 없는 것 중에 하나는 비교다. 그 철학을 지키고 싶기도 하고, 그리 하다 보니 우리 아이도 다른 엄마와 비교를 하지 않아 나 또한 좋다. 비교의 굴레에서 자유로우니 친구 엄마들을 대할 때 선입견도 없고 무슨 일을 하는지 어디에 사는지 묻지도 않는다.

그래도 패션일을 하고 있으니 나의 유일한 선입견은 스타일 정도인 것 같다.

우리 아파트는 세대수가 많지는 않지만 마트, 병원, 약국등이 있으니 아기자기하게 알찬 편이다. 1층 마트에 폐업 공고가 붙여 있길래 아이의 친구 엄마이기도 한, 마트 사장님께 왜 폐업하시는지

슬쩍 물어봤다. 남편이 본업이 있는데 바빠서 마트를 못한다고 하신다. 본업이 몹시 궁금해 다시 물었다.

"분양대행업을 하는데요, 요즘 너무 바빠서 두 개를 병행하기가 어렵네요. 여기 아파트 상가전체의 반 정도가 저의 것이에요. 참 운이 좋았죠"라고 하신다. 이것이 다 무슨 말이냐!

평소에 슬리퍼에 세치 가득한 머리를 묶고 다니시는 그분에게 나도 모르게 편견이 있었을지도 모르겠다. 나는 입이 벌어진 채로 집에 와서 남편에게 슈퍼 사건을 말하며 회사원이 가장 가난하다며 우린 이렇게 살면 안 된다고 열심히 이야기를 하고 있는데, 아들이 방에서 슬며시 나오며 말한다.

"엄마! 우리 집 비교 안되는 거 알지?"

이렇게 내가 세운 규칙의 부메랑을 오늘 제대로 받았다.

안 되는 거 알지만, 그래도 오늘은 참 현타가 온다.

{ 부자가 되는 길 }

내가 어릴때 부터 아버지가 사업을 하신 덕에 일찍이 돈의 흐름에 대해 듣고 관심을 가지게 됐다. 우리가 알고 있듯이 안정적으로 빠르게 부자가 되는 길은 사업을 해서 큰 성공을 이루거나, 부동산 투자를 하는 일이 보편적이라는 것도 배워왔다. 많은 정보를 듣고 안목을 익히기 위해 항상 노력하고 공부하지만, 얼마나 대출을 받을 수 있고 어떻게 갚을 수 있으며 언제 갈아타기를 해야 하는 모든 것이 실천에 달렸다.

바닥에 사서 머리꼭대기에서 팔라고 하는 이야기들.

도대체 그렇게 할 수 있는 사람들은 얼마나 운이 좋은 건지, 과연 얼마나 공부를 해야 그게 눈에 보이는지 모르겠다. 하여간 나는 타이밍을 잡기도 두렵고 솔직히 잘 모르겠다.

관심지역의 아파트를 보면서 말도 안 되는 대출 금액을 넣어야 들어갈 수 있는 것이 현실이지만, 관련 영상을 볼 때마다 왠지 손만 뻗으면 닿을 것 같이 느껴진다. 자기 최면인지 미디어의 힘인지 모르겠지만 현실을 외면한 채 계속 검색을 이어나간다. 생각에 빠져들수록 결단의 속도는 조급해져 간다.

퇴근 후 남편과 아들이 잠든 것을 보고 거실에 멍하니 앉아 있으니 남편의 정성을 먹고 건강하게 자라고 있는 식물들, 이리저리 방을 꾸며놓은 아이의 웃음이 곳곳에서 느껴진다. 창문 너머 한적한 이 동네의 공기도 오늘따라 포근하다.

'내가 무슨 생각을 하고 있는 것일까? 우리 가족이 행복하게 이 집에서 살고 있는데 나는 무엇을 얻기 위해서 위험한 결단을 고민하는 것일까?'

부루마블 돈을 한 움큼 쥐고, 모든 땅을 살 수 있다고 소리치는 허상 게임 안에 들어와있는 것 같다.

행복이라는 것은 지금의 여기에 있을지도 모르는데, 현재의 소리를 닫고 앞만 생각하고 있으니 모든 판단이 어긋나고 있는 중일지도 모른다.

오늘은 참 여기가 좋아진다. 그리고 혼자가 아닌 가족의 행복이 무엇인지 다시 생각해 보게 된다. 어쩌면 가장 무서울 때가 나를 다 채웠다고 느끼는 순간 일지도 모르겠다. 채울 수 있는 것이 많은 지금이 가장 행복한 과정일지도 모르겠다.

{ 자전거 연습 }

　아이가 자전거를 타는 모습을 바라보다 자꾸 넘어지니 나도 모르게 뛰어가서 의자 뒤를 잡는다. 얻어 온 자전거를 타고 연습하는 오늘이 첫날이다. 날씨도 꽤나 덥다.

　어깨가 너무 아파 두들기다 보니, 이것은 아이가 운전을 하는 건지 내가 끌고 가는 건지 모르겠다. 결국 스스로 익혀야 자전거를 끌고 앞으로 나갈 수 있는데, 다칠까 걱정되어 대신 타줄 수도 없는 것을 붙잡고 있었다.

　나는 떨리는 마음을 비우려 노력하면서 손을 놓았다. 그리고 넘어지고 일어나는 것을 멀리서 지켜본다. 비틀비틀거리더니 어느 순간 시원하게 바람을 가르고 한참을 달리며 껄껄되는 웃음소리가 퍼져나간다.

스스로 하는 것을 바라봐주는 것, 그게 아이를 웃게 만드는 일이라는 것을 알면서도 참 어렵다. 내 의견이 들어가지 않으면 잘못될 것 같고, 아슬아슬한 선에서 떨어지면 어떻게 수습을 해야 할지 걱정되는 일들을 생각하면 늘 불안해진다. 하지만 그 순간 안에서 성취하고 느끼는 힘이 아이를 세상에서 버텨 내게 해줄지도 모른다.

세상은 생각보다 불안함으로 넘쳐난다. 내가 실패의 경험을 막는다고 해서 모두 지켜줄 수도 없다.

아이들은 넘어졌을 때 부모의 표정을 먼저 본다. 엄마가 화를 내고 슬퍼하면 울어버리고, 웃고 있으며 아무 일 아니라는 듯 털고 일어난다. 걱정되지만 여유 있어 보이는 웃음으로 승화하는 단단함을 가져보려고 한다.

오늘 아이는 자전거 타기 레벨 업이 되었고, 나는 마음의 레벨 업이 되었다.

{ 쉬는 것에 대한 의미 }

　아이가 있기 전에는 주말에 남편과 술 한잔하고 늦잠 자고 영화
도 책도 지칠 때까지 봤다. 주말에는 몸과 머리를 쓰는 일은 하지도
않았다. 하지만 아이가 생기고 체력을 모두 쏟아붓는 시간들이 많
아지니 평일에는 피곤해서 머리가 돌아가지 않고, 주말에는 하루
종일 몸을 움직이니 쉬지 못하는 시간에 대한 스트레스가 크게 찾
아왔다.

　여백 없이 흑연만 가득한 인생의 그림은 답답함으로 채워졌다.

　이렇게 세월을 보내는 것이 맞는지, 내 몸은 진짜 제대로 살고 있
는지도 모르겠고, 쌓여가는 피로가 나의 정신을 더 혼란스럽게 만

들었다. 그렇지만 서서히 아이도 자라고 생활도 몸도 익숙겨서 쉼이라는 것에 대해 생각도 바뀌었다.

같이 이야기를 나누다가 깔깔거리며 웃고, 서로 좋아하는 것들을 공감하고 인정해 준다. 이렇게 쉼을 적당히 공유하니, 술 먹고 쇼핑하던 이상으로 쉼은 쫀쫀해져 간다. 숙제하는 아이 옆에서 지금 이렇게 글도 쓰는 여유도 생겼으니 참 행복하다.

갑자기 우리 부모님 생각이 난다. 연년생을 키우느라 5년 동안 밖에 거의 나가지 못했다는 엄마.

나보다 어린 나이에 아빠 엄마가 되어서, 더군다나 티브이밖에 없었을 시절에 쉼이라는 것이 있었을까 생각하니 코끝이 찡해온다.

나의 어린 시절의 행복을 그들의 희생과 바꾼 것 같아서 미안하고 감사하다.

{ 산우우울증 }

아이가 나를 통해 세상에 나온 날, 표현할 수 없는 감정과 함께 눈물이 떨어졌다. 모든 것들은 정신없이 흘러가고, 2주간 병원에서 데이트 하 듯 만났던 아이를 이제 집으로 데려가라고 한다. 아이를 안고 나오는 순간이 참 낯설었다.

아이는 나의 소유물이 아니지만, 그날만큼은 우리의 소유가 되어 평생 셋이 굳건히 살아야겠다는 미션을 받는 기분이었다. 우는 아이를 달래고, 새벽에 몇 번씩 일어나 모유를 먹이고, 모두 잠든 새벽에 아이를 품에 안고 퉁퉁 불은 다리로 서있는 나를 보면서 여태

껏 살아왔던 존재와 다른 차원으로 다시 태어난 것 같은 느낌이 들었다. 그 기분이 오묘 하기도 하고, 우울하기도 하여 느껴보지 못한 복잡한 감정이 이어졌다.

어스름하게 다가오는 새벽의 공기 사이로 놓쳐왔던 시간들이 농축되어 나에게 다가왔다. 아이는 품 안에서 잠들고, 나도 벽에 붙어 잠이 들었다. 그렇게 서서히 시간은 흘러가고, 아이를 품에 안은 기쁨만큼 자신을 잃어버리고 있다는 두려움이 나를 불안하게 만들었다.

새벽에 불은 하나 둘 켜져 누군가는 새로운 도전과 출근 준비를 하고 있지만, 세상의 틈에 끼어들지 못하는 나 그리고 며칠이 흘러도 똑같이 늘어난 티셔츠를 입고 있는 초라한 내 모습은 세상과 그렇게 단절되었다. 나는 변하지 않았는데 현실은 나에게 변하라고 말했다.

아이가 잠이 들면 눈물이 떨어졌다. 아이가 깨면 나는 흐르는 눈물을 닦고 다시 달려갔다. 그 시간들이 나를 누르는 것만 같아서 억울했지만, 지금 생각해 보면 꿈을 꾸고 역량을 농축하고 있었던 것 같다.

마음 깊은 곳에서는 상상하는 모습대로 잘 될 수 있을 것이라고 생각했다. 텅 비워진 내 모습도 사랑하려고 애썼다. 그 마음은 높이

뛰기 점프대 앞에 설 기회가 왔을 때, 수많은 새벽동안 상상했던 대로 움직여주었다. 몸은 가벼워지고 발은 점프하고 있었으며, 그렇게 허들을 단숨에 넘었다. 눈물을 흘리며 끝이 보이지 않는다고 울먹이던 그때의 나에게 말해주고 싶다. '조급해하지 말자. 지금 너는 아기와 추억을 예쁘게 잘 만들면 돼. 어차피 너는 잘 될 거야. 모든 시간에 목적이 필요한 것은 아니야. 그 시간들은 너에게 가장 따뜻한 추억이 될 거야.'

그 시간이 있었기에 더 멋있고 단단한 사람이 되고 있지 않았을까 믿어본다.

{ 당연하다고 생각하는 것들의 무너짐 }

나의 첫 사수, 그녀는 항상 굳세고 당당한 워킹맘이었다. 일이든 육아든 열심히 해내려고 노력하는 사람이었다.

내가 결혼하고 애를 낳고 살다 보니 부산에서 올라와서 가족과 떨어져 이 바닥에서 고공분투하면서 버텨내는 것이 얼마나 대단한 일인지 알게됐다.

도우미 아주머니가 일찍 가야 하는 날에는 옆집에 애를 맡기고 일을 했었다. 점심도 책상 앞에서 때우며 제시간에 아이를 데리러 가려고 최선을 다하는 그녀에게, 팀장이 저녁에 일을 던지면 시원하게 욕 한번 하고 또 그렇게 담담하게 그 일을 해냈다. 일을 잘 하는 사람에게 일이 계속 주어지니 그녀에게는 항상 일이 넘치고 넘쳤다. 그렇게 그녀는 버티고 버텼다.

하지만 현실 벽에 놓여진 상황을 인지하고, 지칠 대로 지쳐버린 그녀는 늦은 나이에 부산에 내려가 공무원이 되었다. 존경스럽고 대단했다.

우리는 이제 멀리 떨어져서 만나기 힘들지만, 처음 사수라는 타이틀은 나에게 소중한 의미로 남아서, 마음속으로 늘 응원하고 있었다.

그런 그녀의 남편이 갑자기 하늘나라로 떠났다.

나는 답장을 원하지 않는 위로의 문자를 보냈다. 그녀의 답변에는 슬픔을 억누르며 담담함을 노력하고 있었다. 눈물이 흘렀다.

그렇게 한 달 뒤에 그녀에게 연락이 왔다.

"자식이 있으니 마냥 슬퍼할 수 있는 시간도 없네요. 슬프지만 이것도 운명이라고 생각하려고 해요."

그녀는 남편과의 추억을 서서히 파내면서, 한편으로는 현실을 헤쳐 나갈 생각을 하고 있었다. 차마 위로라는 감정을 공유하는 것 조차 미안하게 느껴졌다.

우리는 계획을 세우고 하나씩 실천해 나가면서 안정을 찾아가지만, 사실상 인생은 계획대로 되지 않는 운명 같은 나날의 연속이라는 생각이 든다. 내일이 그리고 내년이 과연 내가 생각한대로 될지 알 수 없다. 뭔가를 이루어 나가는 것도 중요하지만 지금 내가 누리고 있는 것들이 그대로만 있어주어도 감사할지 모른다.

퇴근 후에는 건방지게 살고 싶습니다

초판 1쇄 발행 | 2024년 8월 30일

지은이 | 슬아
펴낸이 | 김지연
펴낸곳 | 마음세상

외주편집 | 김주섭

주소 | 경기도 파주시 한빛로 70 515-501

출판등록 | 제406-2011-000024호 (2011년 3월 7일)

ISBN | 979-11-5636-569-3 (03810)

ⓒ슬아

원고투고 | maumsesang2@nate.com

* 값 16,500원